LA TRIBÙ DEL PALLONE

Titolo originale: *Raban der Held*

Traduzione: Barbara Ponti
Coordinamento redazionale: Fabiola Beretta
Impaginazione e copertina: Matteo Volpati GFB EDIT
Ufficio tecnico: Gianluigi Ronchetti

Redazione: corso della Vittoria 91 – 28100 Novara
www.deagostini.it

Catalogo U7350373
ISBN 978-88-418-4808-1

Prestampa: G.F.B., Sesto San Giovanni (Milano)
Stampa: Deaprinting – Officine Grafiche Novara 1901 S.p.A., Novara 2008

Joachim Masannek

LA TRIBÙ DEL PALLONE™

RUDI
l'eroe

Illustrazioni di Jan Birck

DeAGOSTINI

Finalmente

Il cane con il berretto di pelle e gli occhiali da motociclista, sulla sua vecchissima motocicletta, continuava a fissarmi da mezzanotte, ed era dalle cinque e mezzo che i piccioni sul tetto tubavano a più non posso facendomi impazzire. La luce del giorno si era levata ormai da 27 minuti e 13 secondi!

Ero sdraiato nel mio letto al numero 6 del vicolo dei Cavalieri e mi sentivo scoppiare dall'impazienza. Porca paletta! Nei

miei nove anni di vita quella era stata la notte più lunga che avessi mai passato!

Poi, finalmente, il faro della moto si accese e le lancette dietro al vetro si fermarono sul quadrante. Il cane con il berretto di pelle diede un'accelerata e la motocicletta ruggì come un leone.

Nella camera accanto alla mia la mamma balzò a sedere nel letto e, battendo i pugni contro il muro, strillò: "Spegni quel maledetto affare!"

Ma quella era musica per me. Era sabato, non c'era scuola, e quel giorno ci si giocava il tutto per tutto. Quel giorno, 23 novembre, alla *Bolgia infernale* avremmo disputato l'ultima, fatidica partita del girone di andata! Quel giorno ci saremmo battuti con i primi in classifica e se avessimo vinto saremmo stati – fenomenali, mitici! – i campioni d'autunno.

"RRRAAAA!" gridai. E poi di nuovo "RRRAAAA!"

Solo allora spensi la mia sveglia-cane-motociclista, saltai fuori dal letto e neanche due minuti dopo ero davanti allo specchio dell'armadio in perfetta tenuta da *Scatenato* della *Tribù del pallone.*

Maglia nera come la notte! Calzettoni arancio vivo! Il simbolo della *Tribù del pallone* sul petto! Sulla schiena, poi, spiccava il 99, il numero che Giacomo Ribaldo in persona, il dio del calcio brasiliano, aveva scelto per me, per la mia imprevedibilità, aveva detto. Già, proprio così, e oltre a essere 99 volte im-

prevedibile, ero anche Rudi l'eroe, come stava scritto a grandi lettere sopra al numero!

"Porca paletta!" mormorai rivolto alla mia immagine nello specchio. "Quelli oggi li spediamo direttamente sulla luna! Hai sentito? Metto tutti e due i piedi sul fuoco se non è così!"

Strinsi i pugni e il Rudi dello specchio mi imitò.

"Duri e spietatamente scatenati!" ci giurammo. "Crudeli e imperturbabili!"

Presi lo zaino con le scarpette da calcio dalla scrivania e mi precipitai verso la porta. "Proprio così... e se ce ne sarà bisogno, ci penserò io stesso... anche con il mio piede sbagliato!"

"E invece no!" ribatté una voce. Mi rigirai di scatto e fissai la mia immagine allo specchio... che si toglieva dal naso gli occhiali con le lenti spesse come fondi di bottiglia, li puliva e poi mi squadrava da capo a piedi.

"*Che cos'hai detto*?" domandai sfregandomi gli occhi esterrefatto.

"Che non lo farai" ripeté il Rudi dello specchio. "E lo sai benissimo anche tu che è così. Perché tu non hai *un piede sbagliato*."

Ero furente tanto quanto i miei capelli erano rossi, e nonostante le lenti spesse i miei occhi divennero due fessure minacciose. "Che intendi dire?" sibilai.

La mia immagine allo specchio si limitò a fare spallucce. "Se uno dice di avere *un piede sbagliato*, vuol dire che l'altro è forte, non ti pare?"

Lo fissai boccheggiando. "Okay! Okay! Di' pure quello che vuoi!" sbottai, cercando di ritrovare la mia incrollabile fiducia in me stesso. "Tanto non sei altro che una stupida immagine riflessa. E quelli là non hanno la minima possibilità di vincere! Neanche minima! Vedi di ficcartelo bene in testa!"

Corsi fuori dalla stanza. Scatenato e determinato mi sbattei la porta alle spalle e chiunque mi avesse detto in quel momento che stavo fuggendo da qualcosa l'avrei fatto filare.

Ehi, ciao! Sì, dico a voi! Se ancora non sapete chi sono, mi presento: sono Rudi, o meglio, Rudi l'eroe!

E non ho paura. Ho sconfitto io Michi Cicciobullo, sì, proprio io, e per di più con il mio piede sbagliato. DABAMM ho fatto! Ve lo ricordate adesso?! Bene! Era ora!

È per questo che per la *Tribù del pallone* sono importante, importante quanto la marmellata per una crostata.

"Non è vero!" gracchiò alle mie spalle la mia immagine dello specchio. Ma ormai ne avevo le tasche piene e quindi la ignorai.

Un eroe va per la sua strada

Mi precipitai in corridoio e scesi di corsa le scale fino all'ingresso, dove in primavera le tre figlie delle amiche di mia madre mi avevano torturato mettendomi i bigodini per arricciarmi i capelli. I miei amici, intanto, gli *Scatenati,* cercavano disperatamente di vincere l'inverno: mentre Maxi piede di velluto Maximilian, quello dal tiro più forte del mondo, si sacrificava per noi sfondando con il mappamondo di suo padre la finestra del soggiorno dell'elegante appartamento al numero 1 di via del Corso, quelle piccole streghe mi cotonavano i capelli! Porca paletta! Era stato decisamente imbarazzante. Imbarazzante quanto trovarsi in mezzo a un campo di calcio con indosso un tutù da ballerina rosa al posto della maglia.

Triple caccole di rinoceronte!

Ma quella era acqua passata, ormai. Non sarebbe mai più accaduto nulla di simile: non intendevo più permettere a nessuno di rendermi così ridicolo!

Spalancai la porta di casa, saltai sulla mia mountain bike con le ruote da dodici pollici e la gomma posteriore da trattore e sfrecciai sul vialetto. Mi sentivo una meraviglia, una meraviglia come la luce dorata dell'estate di san Martino.

"No, non è possibile! Per tutti i potenti spiriti chiusi in bottiglia! Ancora lui!" gridai inorridito mentre andavo a schiantarmi contro le cassette di prugne della bancarella ferma all'incrocio.

Dieci secondi dopo, mentre emergevo dalla marmellata di prugne, un'anguria più che matura rotolò fuori da una cassetta e mi esplose sulla testa.

Solo allora vidi il proprietario della bancarella: mi guardava sconvolto, anzi, no! Fumava letteralmente di rabbia.

"Porca paletta! Che cosa ci posso fare, io? Ieri la sua bancarella era là, vicino al muro!" esclamai alzando le braccia confuso.

"È vero!" sibilò il fruttivendolo dirigendosi verso di me. "Hai ragione. Là, accanto al muro! E là sei finito nei kiwi!"

"Sì, ma solo perché l'altro ieri lei e la sua bancarella eravate ancora qui!" replicai. "Proprio qui, in mezzo alla strada! Insieme ai suoi stupidi pomodori! Ha idea di quanto si è arrabbiata mia madre quando ha scoperto tutte quelle macchie sui miei vestiti?"

Parlavo a ruota libera, ma il fruttivendolo non mi ascoltava neppure. Non nutriva alcun dubbio di essere dalla parte della ragione, e forte di quella convinzione calò verso di me, come fossero le pale di un escavatore, le sue grandi mani. Tra le pale il suo viso incombeva minaccioso, un viso senza un briciolo di senso dell'umorismo e decisamente senza pietà.

Veloce come un lampo guizzai tra le prugne e le cassette, saltai sulla bici e filai via a tutto gas. O per lo meno filai via tanto veloce quanto lo permette una mountain bike da bambino con la gomma posteriore da trattore. Il fruttivendolo mi rincorse senza fermarsi, e quando svoltai nella strada dei Fagiani cominciai a sentire il suo fiato sulla nuca. *Solo venti metri,* pensavo: quella era la distanza che mi separava dalla mia unica via di scampo, un trampolino che Fabi, l'ala destra più veloce del mondo, aveva montato sul marciapiede.

Ripresi a pedalare con tutte le mie forze. I muscoli delle cosce mi bruciavano come il fuoco, mentre già il fruttivendolo allungava una delle sue pale da escavatore per afferrare il cappuccio della mia felpa.

"Per tutta la iella nera del mondo!" imprecai, e un attimo prima che mi agguantasse mi sollevai dal marciapiede che sembrava appiccicato alla mia ruota da trattore come gelato sciolto e volai sopra la staccionata del giardino di Fabi, piombando in mezzo ai cespugli.

"Aspetta che ti prenda! Non riuscirai a sfuggirmi sempre, hai sentito? Te la farò pagare! Al massimo domani!" sbraitò il fruttivendolo dall'altra parte del muretto, agitando i pugni chiusi.

"L'ha detto anche ieri!" disse Fabi sogghignando mentre mi tirava fuori dai cespugli. "Tu, comunque, dovresti stare più attento la prossima volta che vai a comprare frutta e verdura!" aggiunse poi rivolto a me. Sfilò una carota dal cappuccio della mia felpa e la addentò.

"Grazie. Ma è tutto ok!" risposi serio sollevando la mano.

Fabi mi squadrò. L'ombra di un sorriso fece capolino nei suoi occhi e poi gli guizzò sul viso. "Sì. Finché sei scatenato!" esclamò con la bocca piena. Batté il cinque e corse a prendere la sua bici. "Andiamo! Se non sbaglio abbiamo un appuntamento!"

"Eccome se ce l'abbiamo! Porca paletta, Fabi! Quelli li spediamo direttamente sulla luna!" Tirai fuori dai cespugli la mia mountain bike e balzai in sella.

Fabi mi guardò sorpreso. "Guarda che stai parlando dei primi in classifica, Rudi!" disse aggrottando la fronte.

"Lo so, eccome se lo so!" ribattei, ma subito dopo sentii un nodo alla gola e cominciai a balbettare: "P-p-perché, non s-s-sei d'accordo? N-non v-vorrai mica p-p-perdere, n-no?"

Fabi, l'ala destra più veloce del mondo, mi fissò per alcuni interminabili secondi, poi scosse la testa e scoppiò a ridere. "Santa polenta! Hai ragione! Spediamoli sulla luna! Adesso mi sento mille volte meglio, davvero. Vieni!" esclamò cominciando a pedalare. "La sai una cosa? Ti ammiro, Rudi. Io non ho chiuso occhio tutta la notte. Me la sono fatta sotto per la paura di perdere oggi!"

Grigi-acciaio e abituati a vincere

...per la paura di perdere oggi! Le ultime parole di Fabi mi rimbombavano nella testa come la pallina di un flipper mentre oltrepassavo il cancello di legno della *Bolgia infernale.* Una volta dentro, inchiodai.

Bolgia infernale. Era così che si chiamava il nostro campetto da quando Willi, il migliore allenatore del mondo, aveva installato un vero e proprio impianto di illuminazione e aveva appeso sopra al cancello d'ingresso il cartello con il nome *Bolgia infernale* appunto! L'arena più indemoniata e rovente di tutta la terra. Lo stadio della *Tribù del pallone C.M.*!

Lì avremmo celebrato le nostre vittorie... e in effetti lì avevamo perso un'unica volta, quando Fabi non si era presentato alla partita perché aveva paura che Deniz fosse più bravo di lui. E a suonarcele erano stati proprio gli ultimi in classifica... che doccia gelata era stata, gelata quanto il vento di novembre che soffiava in quel momento sopra le nostre teste facendo cigolare e scricchiolare minacciosamente l'insegna di legno sopra il portone d'ingresso. Il cielo dell'estate di san Martino era ancora azzurro e limpido, ma nuvole di tempesta si addensavano all'orizzonte annunciando l'arrivo di dicembre.

Fabi, l'ala destra più veloce del mondo, e gli altri *Scatenati* si fermarono intorno a me con le mani strette sul manubrio delle loro bici. I giocatori della Virtus Calcio ci passarono davanti di corsa per raggiungere i loro posti. Grigi-acciaio, come se nuvole di tempesta fossero cadute sulla terra, attraversarono la *Bolgia infernale,* arando con i tacchetti il terreno di gioco. Grigi-acciaio, tre spanne più alti di noi e decisamente abituati a vincere: come potevamo battere una squadra come quella?

Per tutta la iella nera del mondo! Me la sono fatta sotto per la paura di perdere oggi! Le parole di Fabi mi martellavano nella testa e all'improvviso mi ricordai che nemmeno io avevo dormito.

"Ehi! Avete intenzione di starvene lì impalati ancora per molto?" gridò Willi, che usciva zoppicando dal camper dietro al chiosco.

Lo guardammo come se ci fossimo appena svegliati. Willi sollevò dalla faccia rugosa il cappellino da baseball rosso e si grattò la fronte. Nel suo completo gessato stile Al Capone, con la camicia rossa a pois, il colletto troppo largo e gli stivaletti di pelle di serpente, pareva un extraterrestre.

Ma cosa dico! Gli extraterrestri eravamo noi! Willi indossava semplicemente l'abito che gli avevamo regalato per il suo compleanno. Vestito così aveva proprio l'aria di essere il migliore allenatore del mondo, quello che vince il campionato delle squadre giovanili nel quinto girone dell'ottava divisione. Ma noi, come potevamo vincere se continuavamo a stare lì fermi a fissarlo quasi fosse Babbo Natale e Batman insieme? Eravamo caduti dal letto, è vero, ma non ci rendevamo ancora conto di essere nella *Bolgia infernale,* e men che meno nell'ottava divisione. Eravamo come un branco di pecore che Willi, il nostro cane da pastore, doveva radunare e spingere verso il campo di calcio.

"Dannazione! Muovetevi! Forza, cominciate col riscaldamento!" ci incitò. "Mettetevi a due a due sulla linea di porta e al mio 'Via' scattate in avanti!"

"Ok, Willi! Siamo pronti!" esclamai elettrizzato. "Avete sentito? Forza, alzate quelle chiappe stanche! Leo, tu corri con Vanessa, e tu, Toni, fai vedere a Roche che cos'è un levriero da corsa."

Toni e Roche si guardarono scuotendo la testa e alzarono gli occhi al cielo, ma a me non importava. Ci disponemmo su due file. Willi raggiunse zoppicando il dischetto del rigore e tese un braccio a destra e l'altro a sinistra.

"VIA!"

Toni e Roche scattarono in avanti, ma inciamparono entrambi nei loro piedi e finirono lunghi distesi nel fango. Leo e Vanessa persero il segnale di partenza e non partirono proprio. Andarono subito a rimettersi in fila. Io, invece, Rudi l'eroe, corsi più forte di Fabi, l'ala destra più veloce del mondo, e distaccandolo di tre metri mi lanciai sulla mano tesa di Willi.

"RRRAAAA!" gridai. "RRRAAAA! RRRAAAA!" E ancora "RRRAAAA! Porca paletta! Tutto ok...!"

Sollevai la mano verso Fabi per battere il cinque, ma lui non reagì. Guardò Willi in silenzio... e Willi guardò me.

"Triple caccole di rinoceronte!" imprecai inferocito. "Non ti ricordi più quello che ti ho detto poco fa nel tuo giardino, Fabi? Quelli li spediamo sulla luna!"

Fabi e gli altri *Scatenati* mi fissarono come se non mi avessero mai visto prima, e poi guardarono i superpotenti avversari della Virtus Calcio.

"Certo che lo faremo!" esclamai arruffandomi i capelli rossi. "Porca paletta! Non importa se sono grigi-acciaio-giganteschi-potenti-come-il-cielo-in-tempesta! Mi avete sentito?"

Incrociai le braccia e li fissai. Lentamente la cortina di torpore si sollevò dai loro occhi. Solo allora mi riconobbero e sui loro visi balenò un sorriso che a poco a poco si trasformò in un ghigno.

"Non importa quanto mostro-azzurri-e-stra-fantastici sono!" esclamò Teddy, il fratellino di Pablo, che aveva solo sei anni. Fabi, accanto a lui, alzò la mano per battere il cinque. "Tutto ok!" cominciò a dire, e io sollevai la mano per rispondere, ma Teddy mi precedette. "Finché sei scatenato!" urlò, e gli altri lo imitarono subito.

Solo io rimasi con la mano destra sollevata tutta sola soletta, perché nessuno batté il cinque con me! Fulmini e saette! Non ero anch'io uno degli *Scatenati*? E poi, non ero stato io a spazzare via la paura dei nostri avversari? Un'altra folata di vento gelido attraversò la *Bolgia infernale* e mi sferzò il viso, facendomi rabbrividire. Fu allora che Willi si avvicinò per battere il cinque con me. “Ben fatto, Rudi!” disse con un sorriso e poi, rivolto agli altri, aggiunse: “E voi, adesso, vi date una mossa, chiaro?”

Eccome se era chiaro! In meno di un nanosecondo eravamo tutti sulla linea di porta. Willi gridò “Via!” e partimmo di corsa

a due a due. Toni e Roche; Vanessa e Leo, che sollevarono una nuvolona di polvere; e Fabi, che tornò a essere più veloce di me, e io. Poi rifacemmo tutto all'indietro. Voltammo le spalle a Willi e quando il nostro allenatore gridò "Via!" ci girammo di scatto verso di lui e sfrecciammo in avanti.

Provate a farlo! Non è mica facile! Vengono le vertigini quando ci si gira troppo in fretta, tanto che Teddy e io perdemmo completamente l'orientamento e invece di correre verso Willi andammo uno a destra e uno a sinistra e ci scontrammo violentemente. Carambola e quarantotto!

Solo una volta fui più veloce di tutti... ma a quel punto Willi ci chiamò attorno a sé.

Scatenati e senza niente da perdere!

Ci sedemmo in semicerchio sul prato davanti a Willi, che ci squadrò a uno a uno. Roche il mago, il figlio di un dio del pallone brasiliano – che gioca così dannatamente bene che sembra essere nato con le scarpe da calcio ai piedi – mise un braccio attorno alle spalle del suo migliore amico, Toni, il numero 10, l'intuito, il regista e il cervello della nostra squadra, nonché il fratello maggiore di Leo.

Leo, il capo della *Tribù,* il re del dribbling, il bomber e l'uomo dell'ultimo passaggio, capace di segnare un gol anche con l'incavo del ginocchio o con i lobi

delle orecchie, guardò Willi con gli occhi di una tigre del Bengala, tanto era determinato a vincere.

Proprio come Fabi, l'ala destra più veloce del mondo, e come Felix il tornado, che nella partita contro gli Esordienti del Bayern aveva sconfitto la sua asma.

Markus l'imperforabile tormentava i suoi nuovissimi, supermorbidi e supertecnici guanti da portiere mentre, accanto a lui, Yo-yo che danza col pallone e che vive nell'orfanotrofio si ricuciva i sandali rotti perché la madre non poteva permettersi di comprargli delle scarpe da calcio.

Maxi piede di velluto Maximilian, quello dal tiro più forte del mondo, che non apre bocca nemmeno quando è al telefono, scioglieva i muscoli delle gambe, potenti come pistoni.

E Vanessa senza paura, la ragazza più tosta del mondo, diede un'ultima occhiata al suo portafortuna: le scarpette di vernice rosa con il tacco e i brillantini che noi *Scatenati* le avevamo regalato per il suo nono

compleanno, e che da allora indossava sempre quando doveva trasformare una punizione.

"Perché non giochiamo tutti con quelle lì?" chiese con un ghigno Deniz la locomotiva, una vera testa di legno, che ogni giorno attraversava da solo tutta la città unicamente per giocare con noi, la *Tribù del pallone*. "Così quei signorini della Virtus Calcio non avranno alcuna possibilità!" sussurrò.

Il piccolo Teddy, il nostro settimo reggimento cavalleria, di soli sei anni, scoppiò a ridere a crepapelle,

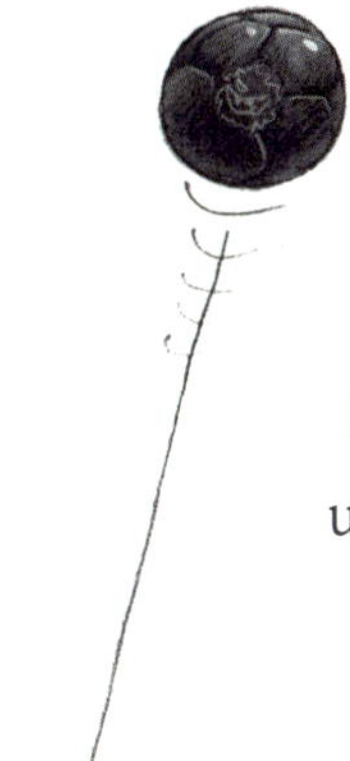

ma di nascosto cercò la mano del fratello maggiore, Pablo saracinesca Fort Knox, la difesa a quattro in un solo uomo.

E io, Rudi l'eroe, mi vedevo già in campo a giocare, e mi tuffavo alla maniera di Leo per segnare il mio sesto gol in rovesciata.

Noi, la *Tribù del pallone C.M.*, eravamo davvero la squadra migliore del mondo, e perciò quel giorno nel nostro stadio, la *Bolgia infernale*, l'arena più indemoniata e rovente di tutta la terra, saremmo diventati campioni d'autunno. Per tutti i gironi sfrigolanti dell'inferno! Ci avrei scommesso tutti e due i piedi... anzi, li avrei messi entrambi sul fuoco!

Willi si grattò la fronte e si

accovacciò davanti a noi. "Questa è la vostra prima stagione" cominciò parlando molto tranquillamente "e giocate contro ragazzi più grandi di voi. Quei tipi con la maglia grigia come l'acciaio hanno uno o due anni più di voi, e cinque più di Teddy." Willi lanciò un'occhiata affettuosa a Teddy, che sprizzava eroismo da tutti i pori. "Per questo nessuno pretende da voi che oggi vinciate, avete capito? Non è un disonore se perdete."

Lo fissammo esterrefatti.

"Cosa diavolo stai dicendo?" sibilai. "Vuoi che entriamo in campo con l'idea di perdere?"

Leo e Fabi sputarono per terra in segno di disprezzo – mi davano ragione! – e Felix, guardando Willi con aria di rimprovero, domandò: "Accidentaccio e stracavolaccio! Hai già dimenticato il nostro statuto? 'Mai arrendersi!' ecco cosa c'è scritto, ricordi?"

Willi scosse la testa. "Non me lo sono dimenticato. Ma questa è la vostra ultima partita, e stanotte nevicherà. Per un po' dovrete dire addio al calcio e sarà maledettamente difficile per voi. Vi ricordate le settimane prima di Pasqua?"

"Certo che ce le ricordiamo!" esclamai. "Ma alla fine l'abbiamo sconfitto l'inverno, no?"

"E Maxi si è sacrificato per tutti noi!" aggiunse Teddy.

"Per tutte le puzzole pulciose!" mormorò Pablo ammirato. "Quando ha calciato il mappamondo fuori dalla finestra del soggiorno centrando in pieno la testa di suo padre!"

A quel ricordo neanche Willi poté fare a meno di ridere sotto i baffi.

"E poi abbiamo sconfitto Michi Cicciobullo nella nostra battaglia di Okinawa! Sono stato io a batterlo, e per giunta con il mio piede sbagliato. DABAMM! L'ho catapultato nei territori di caccia eterni!" esclamai con gli occhi che luccicavano.

Willi mi fece un cenno con la testa, poi tornò serio e riprese a parlare. "È vero, è stato fantastico. Ma eravate una squadra e avevate un obiettivo comune. Ed è proprio quello che non dovete mai dimenticare, capito? Anche se oggi perdete. Altrimenti sarà dura per voi sopportare l'inverno."

"Adesso basta!" tagliò corto Leo alzandosi in piedi.

Anch'io mi alzai di scatto. "Triple caccole di rinoceronte!" dichiarai. "Leo ha ragione! Dopotutto è capitato anche a loro di pareggiare. Non sono poi così invulnerabili, e hanno solo tre punti di vantaggio rispetto a noi. Se oggi vinciamo, siamo pari. Anzi, no, siamo meglio noi, perché vale il confronto diretto, non l'avete ancora capito? E quello, oggi, lo vinciamo noi!"

"Giusto!" esclamò Toni. "Bingo!" aggiunse Roche. "Rudi sì che sa parlare ai cuori!"

"Santa polenta! Eccome se lo sa fare!" esclamò Fabi saltando in piedi.

Corremmo tutti in campo.

I giocatori grigi-acciaio della Virtus Calcio erano già ai loro posti. Ci salutarono con aria arrogante e un sorrisetto beffardo e impaziente... se mai ci notarono, da tanto che erano abituati a vincere.

Noi però non ci lasciammo intimidire. Freddi e imperturbabili ci disponemmo in cerchio, ci stringemmo spalla a spalla e con le braccia intrecciate l'uno in quelle del vicino accostammo le teste. Leo ci fissò negli occhi a uno a uno e poi contò deciso fino a tre. "Uno, due, tre!"

"RRRAAAA!" urlammo a squarciagola. Il nostro grido di battaglia risuonò così forte da far tremare la terra, e quando mi voltai a guardare con la coda dell'occhio i nostri avversari, ne sorpresi un paio che sussultavano.

"RRRAAAA!" urlammo ancora, poi schizzammo in tutte le direzioni. Scatenati e decisi corremmo ognuno al proprio posto.

Santa polenta e iella nera!

Markus l'imperforabile si mise in porta, naturalmente. Davanti a lui si appostò Pablo saracinesca Fort Knox, la difesa a quattro in un solo uomo. Alla sua destra e alla sua sinistra c'erano Maxi piede di velluto Maximilian, quello dal tiro super-mega-giga, e Toni, il numero 10. Davanti, in attacco, stava Fabi, l'ala destra più veloce del pianeta. Leo, il re del dribbling, bomber e uomo dell'ultimo passaggio, stava al centro, e Roche il mago sulla fascia sinistra.

Anche in panchina sedevano elementi preziosi, che perfino la Nazionale ci avrebbe invidiato: Yo-yo che danza con il pallone, Felix il tornado, che quando gioca fa girare la testa a tutti, Deniz la locomotiva e Vanessa senza paura. In mezzo a loro c'era Teddy con la X del jolly sulla schiena e c'ero anch'io, Rudi l'eroe, il numero 99 dell'imprevedibilità. Proprio così, e vi assicuro che bastò il mio sguardo per far vacillare i nostri avversari primi in classifica come se si ritrovassero a surfare su un'onda anomala con un guscio di noce per tavola.

Willi diede il fischio d'inizio: in qualità di allenatore della squadra di casa doveva fare da arbitro. Maxi, che stava accanto a Leo a centrocampo, gli passò la palla. Tre dei grigi-acciaio si fiondarono verso il pallone e Leo, che sembrava un pazzo con quegli occhi da tigre del Bengala, si lanciò su di loro. Tre contro uno, e per di più tutti almeno di un anno maggiori di lui e più alti di tre spanne. Era troppo perfino per lui. Per tutta la iella nera del mondo! Se ci fossi stato io al suo posto, l'erba sotto di me si sarebbe trasformata in gelato sciolto sul quale avrei annaspato come una mosca sul miele.

Leo invece entrò semplicemente sul pallone lasciando di stucco i suoi avversari e lo servì magistralmente sulla destra con il collo del piede.

Fabi, che intanto aveva seguito l'azione, avanzò verso la porta della Virtus Calcio con una scoppiettante serie di triangoli con Leo, che dopo il passaggio di collo si era subito smarcato.

Ma i grigi-acciaio erano più grossi e più veloci degli altri giocatori che avevamo incontrato fino a quel momento e stavano appiccicati a Fabi e Leo come la coda a un cane. E adesso c'erano anche i due difensori schierati a sbarrare loro la strada. Dal nostro punto di vista voleva dire due contro cinque, e Fabi e Leo erano marcati così stretti che sembrava giocassero nel ripostiglio delle scope. Leo girò vorticosamente su se stesso e calciò la palla all'indietro alla cieca, come se all'improvviso gli bruciasse tra i piedi.

"Oh no! Ma cosa sta facendo?" urlai saltando in piedi e arruffandomi i riccioli rossi. "Leo! Là non c'è nessuno! Nessuno, solo il vuoto pneumatico!"

E in effetti la palla rotolò tutta sola per il campo. L'ala destra della Virtus Calcio si precipitò a raccoglierla: una super opportunità di contropiede! La raggiunse in un lampo, mentre Fabi e Leo continuavano a starsene fermi ai loro posti, come se qualcuno avesse premuto il fermo immagine.

Fu allora che Toni, cogliendo di sorpresa i giocatori grigi-acciaio, si materializzò dal nulla, come indossasse il mantello dell'invisibilità, e riuscì a intervenire sul pallone rilanciando l'azione sulla sinistra.

Roche scattò in avanti, stoppò la palla di destro al volo in piena corsa e la colpì poi sempre di prima di sinistro, ancora al volo; il pallone, come tirato da una fionda, sfrecciò in area di rigore, dove aspettavano Leo e Fabi, che finalmente erano tornati in vita. Quel torpore mortale era stato solo un trucco per ingannare la Virtus Calcio. Leo si lanciò come un siluro in tuffo tra due dei suoi marcatori, colpì il pallone a un metro da terra allungando con la nuca il cross di Roche. La sfera di cuoio piroettò sopra i due difensori, sfiorò le dita del portiere che annaspavano nel vuoto e... andò a sbattere contro la traversa.

"Carambola e quarantotto! Ma non è possibile!" strillai mettendomi a saltellare intorno alla panchina e guardando i miei compagni. "Avete visto?"

Cavoli! Certo che avevano visto, e avrebbero visto ancora di più: infatti, mentre io me ne stavo con la testa nascosta nella sabbia, la palla rimbalzò sulla traversa, passando sopra la testa dei marcatori di Fabi, il quale, all'improvviso, si ritrovò completamente libero e, in rovesciata, spedì il pallone dritto nell'angolino destro.

"Gol! Gol! Gol!" urlarono Vanessa, Yo-yo, Deniz, Teddy, Felix e Willi. Saltarono in piedi e si abbracciarono mentre io mi aggiravo attonito aspettando la moviola.

Leo, Roche e Toni corsero ad abbracciare Fabi e finalmente capii anch'io chi era stato a segnare.

"Bravo, Fabi! Un gol veramente scatenato!" dissi applaudendo.

"Per tutte le sante polente!" esclamò Fabi. "È stata la prima rovesciata della mia carriera da *Scatenato*! Hai visto che roba, Rudi?"

"Come, scusa? Cosa? Ah sì, la rovesciata! Certo! È stata il massimo!" risposi, ma intanto vidi con la coda dell'occhio che Yo-yo e Felix alzavano gli occhi al cielo.

Toccava ai nostri avversari riprendere il gioco, ma pareva-

no ipnotizzati, come se il nostro primo gol avesse falciato loro l'erba sotto i piedi. Partirono disordinatamente all'attacco e per Pablo saracinesca Fort Knox, la difesa a quattro in un solo uomo, soffiare loro la palla e servirla a Toni fu facile come giocare a memory con una sola coppia di carte. Toni la lanciò sulla destra a Fabi, che scattò in avanti. Freddo e più veloce della luce, tagliò in diagonale verso la porta della Virtus Calcio e sparò una cannonata potente come un maglio a vapore verso il portiere, che questa volta, però, reagì in modo

superbo: si tuffò sulla destra con le braccia piegate verso la palla sibilante per intercettarla. Un difensore avversario entrò subito deciso per calciare il pallone fuori dalla zona di pericolo, ma Leo fu più veloce e con la punta del piede destro riuscì a deviare la palla verso sinistra, trasformandola in un assist per Roche il mago, il quale si godette il trionfo e di interno sinistro la calciò in porta senza troppi ghirigori.

"Gol! Gol! Gol!" gridammo in coro e io aggiunsi elettrizzato: "Visto? Che cosa vi avevo detto? Li spediamo sulla lu...u...na quelli!"

Ma l'ultima parola mi morì sulle labbra vedendo che Willi si limitava a guardare l'orologio. Capii. Mancavano ancora più di quarantacinque minuti alla fine della partita. Nemmeno la migliore delle tattiche a sorpresa avrebbe funzionato così a lungo. Prima o poi i grigi-come-l'acciaio si sarebbero svegliati e sarebbe cominciata una guerra all'ultimo sangue. Era sicuro come la bancarella del fruttivendolo davanti a casa mia.

La Virtus Calcio non era soltanto la testa di serie abituata a vincere. No, i giocatori della Virtus Calcio erano famosi anche per un altro motivo: giocavano un calcio duro, duro da rompere le ossa. Più duro di Michi Cicciobullo e dei suoi *Invincibili*.

Il piede sbagliato

All'attacco successivo Roche sfrecciò sulla fascia sinistra e con il suo assortimento di finte e giochetti brasiliani riuscì a ingannare non uno, ma addirittura quattro avversari, uno dietro l'altro. La sua era una danza sopra al pallone in pieno sprint, con il destro e subito dopo con il sinistro, mentre la palla rotolava semplicemente diritta: e quello fu solo l'inizio. Poi sollevò la palla con il collo del piede, la colpì di testa scavalcando il giocatore avversario e schizzò verso la bandierina del corner, dove però venne fermato da due difensori. Chiuso da ogni lato, Roche difese disperatamente il pallone, la schiena rivolta verso il campo. Sembrava non esserci un minimo spiraglio, ma poi, veloce come un lampo, con un colpo di tacco improvviso fece un tunnel a due avversari grigi contemporaneamente e, senza perdere neanche un nanosecondo, si girò su se stesso e passò la palla con un rasoterra secco e violento direttamente alle spalle della difesa, dove spuntò Maxi. Maxi piombò sul pallone, con grande freddezza si preparò al tiro e poi... lo scaricò in porta con il tiro più forte del mondo. Il portiere della Virtus Calcio si allungò più che poté, ma quando si rese conto che non sarebbe riuscito a intercettare quella palla troppo alta, lanciò un grido di rabbia.

Il pallone colpì come un tuono l'incrocio dei pali. BUMM!

"Fulmini e saette! Ma che iella nera!" gemetti soffrendo insieme a Maxi. E le cose peggiorarono ancora. Sul rimbalzo Leo e Fabi scivolarono entrambi e i nostri avversari partirono subito in contropiede. Alla velocità della luce quelli della Virtus Calcio si infilarono nello spiraglio lasciato da Maxi quando era corso in avanti. Toni si precipitò a chiuderlo, ma l'ala destra della Virtus Calcio rilanciò proprio sulla sinistra, dove non c'era nessuno, visto che Toni era corso sulla destra. La nostra ultima speranza era Pablo, Pablo saracinesca Fort Knox, che si gonfiò come un coleottero al decollo e sbarrò la strada all'ala sinistra. Ma quello non era solo grigio-come-l'acciaio. Era anche tre spanne più alto di lui e venti chili più pesante. Con una gira-

volta buttò a terra la difesa a quattro e si diresse con passo pesante verso la porta. Markus l'imperforabile corse subito fuori per chiudere lo specchio della porta e si buttò eroicamente sul pallone prendendosi una ginocchiata dell'avversario sul mento. Come una pallina da tennis che rimbalza contro una locomotiva, Markus si schiantò a terra, nel fango, e da lì rimase a guardare, con una smorfia di dolore stampata sul viso, la sfera di cuoio che rotolava oltre la linea di porta.

"Fallo! Willi, è fallo!" strillai inferocito, ma Willi scosse la testa.

"Il giocatore della Virtus è entrato sul pallone!" disse tranquillamente convalidando il gol. Poi trotterellò davanti a Pablo, ancora dolorante, e tornò a centrocampo.

Da quel momento le sorti della partita si ribaltarono e nell'ultimo quarto d'ora la Virtus Calcio prese d'assalto la nostra porta. Noi ci schierammo tutti in difesa. Perfino Leo e Fabi tornarono nell'area di rigore, e quando non ce la fecero più furono sostituiti da Deniz e da Felix. Ma anche così, un minuto prima del cambio di campo, arrivò il gol del pareggio. Due a due. Nell'intervallo ci leccammo le ferite.

Pablo, Markus, Maxi e Leo avevano gambe, schiena e faccia coperte di grossi lividi, e questo senza che la Virtus Calcio avesse ancora commesso un solo fallo. Giocava semplicemente come una squadra di un anno più grande di noi. Perlomeno questo era ciò che sosteneva Willi.

"Non è il momento di fare scenate!" ci strigliò il nostro allenatore senza pietà. "Dovete essere più veloci di loro, come all'inizio della partita! E allora vedrete che non vi farete più male!"

Lo fulminammo con lo sguardo.

"Ma non è giusto!" sibilò Deniz.

Willi lo mise a tacere. "Non è giusto? Non capisco! Che cosa c'è di ingiusto? Che siete voi i migliori, pur essendo più giovani e più piccoli? Accidentaccio e stracavolaccio! Che vuoi dire?" Sul suo volto a quel punto comparve un sorriso che infondeva coraggio. "Allora, cosa volete fare? Tornare in campo e cercare di vincere la partita, o preferite scappare subito a casa?"

"Aggiungi una sola parola e ti faccio vedere io cos'è uno *Scatenato*!" esclamò Leo serrando i pugni. Poi sogghignò anche lui e tornò, zoppicante, in campo.

Iniziò il secondo tempo. La Virtus Calcio riprese il gioco, ma Leo partì subito in pressing, conquistò il pallone e lo lanciò sulla destra al suo migliore amico, Fabi, dimostrando ancora una volta che quei due avevano poteri telepatici, tanto bene si capivano al volo. Fabi infatti calciò subito il pallone dritto in area, Leo partì in volata e lo rubò al suo marcatore proprio sotto al naso. Poi dribblò la difesa avversaria grigia come passasse attraverso un bosco di bacchette da slalom, e stava già per tirare in porta, quando venne atterrato con un fallo veramente cattivo.

"Fallo! Questo è rigore!" Stavolta non ero solo io a gridare.

Tutti gli *Scatenati* seduti in panchina scattarono in piedi e corsero in campo a protestare. Attorno a Willi si formò un vero e proprio tumulto. Leo si rotolava per terra e non avrebbe più potuto continuare a giocare con la botta che si era preso. Sapevamo che se avessimo ottenuto il rigore, la Virtus Calcio avrebbe giocato in modo ancora più violento, ma a noi non importava. Willi era già sul dischetto.

Ci occupammo di Leo, e poi Vanessa indossò le sue scarpette di vernice rosa. "Gliela farò vedere a quelli là!" disse strizzando l'occhio a Leo, disteso accanto a lei, e dirigendosi verso gli undici metri.

I giocatori della Virtus Calcio scoppiarono a ridere come matti quando la videro piazzarsi sul dischetto del rigore. Vanessa però ci era abituata e, gelida, prese una rincorsa di tre passi, fintò di calciare verso sinistra con il piede destro e, mentre il portiere della squadra

avversaria era già in tuffo verso sinistra, spedì il pallone nell'angolino in basso a destra con l'esterno destro.

"Tre a due!" esultammo, abbracciandoci e baciando Vanessa come non fosse una ragazza.

"Per tutti i gufi spennati!" gridai. "Quello gli ha fatto più male di un pugno sul naso!"

Era vero, ma anche i nostri avversari la videro così, e da quel momento di fairplay non si vide più nemmeno l'ombra. Willi fischiò con quanta severità poteva, ma ciononostante la nostra panchina si trasformò ben presto in un ospedale da campo. Alla Virtus Calcio non andava proprio giù di perdere contro di noi. Contro dei marmocchi di un anno più giovani e contro una ragazzina che portava scarpette di vernice rosa. Accidenti se gli bruciava! E più inseguivano il gol del pareggio - e commettevano falli - più si imbestialivano. Alla fine Leo, Roche e Maxi ci raggiunsero in panchina, e quando anche Fabi e Toni si infortunarono dovemmo entrare in campo Teddy e io.

Per tutti i gironi sfrigolanti dell'inferno! Non aspettavo altro, dentro di me. Mi restavano ancora tre minuti per farla vedere a tutti, tre minuti per completare l'opera: segnare il quattro a due e chiudere così definitivamente la partita.

Markus l'imperforabile prese il pallone tra le mani e lo lanciò lungo.

"Mia! Mia!" gridai pronto a tutto, e in effetti avevo ragione. Il pallone mi piombò dritto dritto sulla testa. Finii col sedere per

terra e mentre cercavo disperatamente i miei occhiali la Virtus Calcio pareggiò.

"Per tutta la iella nera del mondo!" imprecai, vedendo gli *Scatenati* seduti in panchina che saltavano in piedi agghiacciati. Perfino Leo si agitava indolenzito, ma non era ancora in grado di giocare.

"Niente paura! Ce la facciamo lo stesso!" gridai recuperando la palla e correndo a centrocampo. La servii a Felix, che la passò subito sulla destra a Vanessa. Lei si smarcò da tutti gli avversari, vide alla sua sinistra Yo-yo, che era solo come il primo uomo sulla luna, e crossò con precisione millimetrica. A Yo-yo sarebbe bastato allungare il piede per fare gol, ma quel gol volevo farlo io. Volevo rimediare al mio errore di prima, perciò entrai in tackle sul cross di Vanessa colpendo il pallone un nanosecondo prima di Yo-yo e, sotto gli occhi inorriditi di tutti gli *Scatenati,* da due metri di distanza, lo calciai di sinistro, il mio piede sbagliato. Volò oltre la traversa... molto oltre.

"Per tutte le puzzole pulciose!" imprecò Pablo.

"Santa polenta! Cos'hai combinato!" sbraitò Fabi, mentre gli occhi di Leo sprizzavano fiamme.

Cercai di dire qualcosa, ma la voce mi aveva abbandonato. Tornai indietro di corsa. Non era ancora tutto perduto, ci avrei messo tutti e due i piedi sul fuoco. Il portiere della Virtus riprese il gioco con una rimessa dal fondo. Vidi il pallone venire dritto verso di me. Dovevo stopparlo, sì, dovevo farlo. Nonostante quello che Pablo mi gridava da dietro. E in effetti entrai sul pallone, anzi, lo sfiorai. La sfera di cuoio rimbalzò, scavalcò Pablo che altrimenti l'avrebbe presa al mille per cento e atterrò sui piedi dei nostri avversari. Il centravanti dei grigi-come-l'acciaio era fermo sul dischetto del rigore e fu più che felice di approfittare di quel regalo inaspettato. Veloce come un lampo si girò, scacciò via come una mosca fastidiosa Teddy, il nostro settimo reggimento cavalleria, e sparò in rete una cannonata imprendibile perfino per Markus.

BAMM!

Quattro a tre per loro e il fischio che seguì era quello di fine partita. Avevamo perso, e invece di essere i campioni d'autunno eravamo in svantaggio di sei irraggiungibili punti dai primi in classifica. E non era tutto. C'era qualcosa di molto peggio, qualcosa di mille volte più terribile: terribile come il fuoco nel novantanovesimo girone dell'inferno. La colpa di quel disastro era soltanto mia.

Improvvisamente ebbi un brivido freddo. Un vento gelido attraversò la *Bolgia infernale,* e sopra di me le nuvole di tempesta inghiottirono il cielo dell'estate di san Martino.

È finita

I vincitori della Virtus Calcio inforcarono le bici e se ne andarono ridendo dalla *Bolgia infernale*. Sembrava che non sentissero nemmeno il vento gelido; a noi, invece, ci schiacciava come foglie d'autunno bagnate sul prato. Ce ne stavamo seduti, demoralizzati e incapaci di parlare. E Willi, muto pure lui, portò via le aranciate che nessuno aveva bevuto. Aveva già detto tutto e non poteva e non voleva fare altro per aiutarci. Willi era fatto così. Era il nostro allenatore, è vero, ma non risolveva per noi i nostri problemi: quello era compito nostro perché, secondo Willi, non eravamo bambini indifesi. Per lui eravamo pericolosi e scatenati.

Come se ce ne fossimo già andati, cominciò a sprangare il chiosco per l'inverno. Gli ci volle un'ora buona, mentre quando arrivò il momento di salutarci ci mise solo pochi istanti. "È tutto per quest'anno" disse asciutto. "La stagione calcistica è finita."

Lo guardammo come se avesse appena detto che il cielo stava per crollarci sulla testa. Subito dopo Willi si diresse zoppicando verso il camper e salì goffamente i due gradini fino alla porta. Prima di entrare esitò per un istante e poi si voltò a guardarci un'ultima volta. Per una frazione di secondo mi sembrò di scorgere sul suo viso la stessa disperazione che provavamo noi. Ma forse era solo l'ombra di un nuvolone nero di passaggio, e comunque subito dopo Willi la scacciò, schiarendosi la voce. "Ah, ehm... se vi va, ragazzi, perché non venite qui la sera della vigilia di Natale? Possiamo fare una bella slittata e festeggiare così un Natale scatenato" disse con un sorriso, ma subito dopo si chiuse velocemente la porta del camper alle spalle.

Nessuno di noi si mosse. Era terribilmente scomodo e faceva un gran freddo, eppure non avevo alcuna intenzione di andarmene per primo. Mi sembrava già di sentire le occhiate che mi avrebbero lanciato da dietro e che non sarei più riuscito a togliermi di dosso: *Eccolo lì, Rudi l'eroe, che se ne va sulla sua bici! È solo colpa sua se oggi abbiamo perso.*

Rimasi quindi ostinatamente seduto, ma dovetti sopportare qualcosa di ancora più terribile.

Leo si alzò per primo. Si diresse in silenzio verso la sua bicicletta e un istante dopo era già lontano. Lo seguirono Toni e Roche, Vanessa e Maxi, Markus e Yo-yo, e anche Felix, Teddy, Deniz e Pablo. Mi passarono tutti davanti sulle loro biciclette, uno dopo l'altro, e se ne andarono senza aprire bocca.

Solo Fabi rimase con me, il mio migliore amico, nonostante fosse anche il migliore amico di Leo. Lui era sempre rimasto dalla mia parte, proprio come io avevo sempre fatto con lui. Soprattutto quando era comparso Deniz a minacciare il suo posto di ala destra titolare.

Ma anche Fabi si alzò a quel punto e mi mise una mano sulla spalla. "Non prendertela! Poteva capitare a chiunque" biascicò.

Non credetti a una sola delle sue parole. "Ah sì? E chi intendi quando dici 'chiunque'? Parli forse di te? O volevi dire che una cosa del genere poteva succedere a Leo, a Toni o a Roche?"

Fabi rimase zitto. Rimase zitto per non ferirmi. Ma fu un

errore, perché il suo silenzio mi ferì ancora di più. Perché non diceva semplicemente la verità? *Rudi, lascia perdere il calcio. Non è lo sport che fa per te. Gioca a minigolf, a curling o, meglio ancora, iscriviti a un corso di fai-da-te per le decorazioni natalizie. Ma ti prego, lascia perdere la Tribù del pallone.*

Fabi capì quello che stavo passando. Lo capì perfettamente. Fu per quello che se ne andò a prendere la bici, montò in sella e si allontanò.

Aspettai che fosse scomparso dietro la cima della collina, poi mi soffiai il naso, mi asciugai le lacrime, salii sulla mia mountain bike e mi costrinsi a tornare a casa.

Mi sentivo l'essere umano più solo di tutta la terra, come se indossassi un mantello dell'invisibilità di cui non potevo liberarmi, ma che faceva sì che nessuno potesse vedermi o sentirmi. Stavo malissimo. Ma all'improvviso fui strappato alla mia autocommiserazione come un uovo sodo che viene tolto dal pentolino e tuffato nell'acqua gelata. Nonostante il mantello dell'invisibilità, qualcuno mi aveva notato.

"Stavolta ti prendo, ragazzino!" gridò il fruttivendolo fiondandosi su di me mentre imboccavo il vicolo dei Cavalieri.

Ma io non ero ancora così stufo del mondo da consegnarmi volontariamente a quel tipo, perciò cominciai a pedalare più forte. "Per tutti i gufi spennati!" gridai terrorizzato e riuscii a sgusciare per un pelo sotto le pale dell'escavatore del mio inseguitore. "Sì!" gridai, scorgendo una luce in fondo a quel tunnel senza fine. "Cos'è che ha appena detto? Che vuole prendermi? Per tutti i potenti spiriti chiusi in bottiglia! Non ci riuscirà mai!"

Ma mi sbagliavo. Il fruttivendolo, che aveva già caricato la frutta e la verdura della bancarella sul camioncino, saltò nella cabina di guida e partì all'inseguimento con le ruote che cigolavano e fumavano.

"Per la iella di Belzebù e il suo uccello del malaugurio!" esclamai maledicendo la mia sorte. "Vattene! Forza, sparisci! Pussa via!" Ma come potevo sfuggire a un camioncino con la

mia mountain bike con le ruote da dodici pollici e la gomma posteriore da trattore? Una tale dose di sfortuna non si era mai vista su questa terra!

Poi, però, ci fu un boato spaventoso. Il battente del pianale, che il fruttivendolo aveva dimenticato di bloccare, si aprì di colpo per l'effetto della brusca accelerata e l'intero carico del camioncino rotolò rumorosamente sulla strada come una valanga.

Le ruote cigolarono e fumarono un'altra volta. Il fruttivendolo inchiodò così bruscamente che il motore si spense. Il camioncino si impennò, fece un balzo in avanti e si fermò di traverso in mezzo alla strada. Mentre raggiungevo incolume la porta numero 6 del vicolo dei Cavalieri vidi il fruttivendolo saltare giù dalla cabina di guida arruffandosi i capelli e inveendo contro di me: "Prega, ragazzino! Te lo consiglio! Prega! Perché il giorno in cui ti prenderò non avrai più il tempo per farlo!"

La talpa e il fantasma dello specchio

Quella sera andai a letto molto presto. Anche se era sabato e avrei potuto restare alzato più a lungo, preferii rifugiarmi sotto le coperte. Per mia madre non faceva alcuna differenza, anzi, probabilmente non se ne accorse nemmeno. Aveva da fare. E anche se avesse avuto tempo, non mi avrebbe capito comunque. Per lei il calcio era come per me il cartamodello di un abito su una rivista di moda. E ci scommetto i miei occhiali con le lenti spesse come fondi di bottiglia, senza i quali sono cieco come una talpa davanti ai fari di una macchina, che non aveva la più pallida idea di che giornataccia avessi passato.

Quel giorno la *Tribù del pallone* non si era semplicemente giocata la possibilità di vincere il campionato d'autunno. No! Ormai la *Tribù* era a sei irrecuperabili punti dai primi in classifica. Perciò era andato a farsi friggere anche il campionato, e con quello il grande obiettivo della nostra squadra.

Willi ci aveva avvisati, l'aveva detto prima della partita: *Senza un obiettivo comune sarà dura per voi sopportare l'inverno.*

Me ne stavo sdraiato nel mio letto, lo sguardo fisso fuori dalla finestra. Le nuvole di tempesta erano diventate nere ed erano sprofondate pesanti sui tetti della città. Cominciò a nevicare. Fiocchi grandi e grossi soffocavano l'ultimo sprazzo di autunno. Willi aveva detto la verità: era proprio insopportabile. Fu per questo che mi tolsi gli occhiali, per non vedere più niente.

Sì, così andava molto meglio! Adesso ero veramente solo! D'un tratto mi tornò in mente quello che aveva detto Willi: *Se*

oggi perdete, non è un disonore! E aveva aggiunto anche dell'altro: *Questa è la vostra prima stagione e per di più giocate contro ragazzi più grandi di voi. Quelli là con la maglia grigia come l'acciaio hanno uno o due anni più di voi, e cinque più di Teddy.*

Sì, aveva detto proprio così. Ma allora, perché mi preoccupavo? Andava tutto bene!

Poi, però, sentii la voce di Leo, come fosse in camera mia accanto al letto. *Adesso basta!*, diceva seccamente. E sentii anche la mia voce che chiedeva: "Cosa cavolo dici? Vuoi che entriamo in campo con l'idea di perdere?"

Drizzai le orecchie. Quella voce veniva decisamente dalla mia camera... e continuava a parlare! "Sei stato tu a dirlo!" mi schernì. "Prima della partita. Quando sognavi ancora di segnare una raffica di gol in rovesciata!"

Cercai a tentoni gli occhiali e me li rimisi sul naso. Sapevo esattamente da che parte guardare. Anche se non ero davanti allo specchio dell'armadio, vidi la mia immagine riflessa, ma non era sdraiata nel letto: era seduta a gambe incrociate sul pavimento e mi guardava con aria di sfida! Mi strofinai gli occhi dietro le lenti. Ero diventato matto? Cominciavo a vedere i fantasmi?

"No. Non stai diventando matto!" disse sogghignando il Rudi dello specchio, con un'aria da duro che io non ero mai riuscito a sfoderare nemmeno nei miei sogni più audaci. "Sei semplicemente un brocco! Sai giocare a pallone quanto un'anatra cieca sa volare!"

Il mio cuore si fermò e sentii una fitta, come se una lancia incandescente lo avesse trafitto.

"Ma queste cose te le ho già dette" disse il Rudi dello specchio con un sospiro e scuotendo la testa. "Io ti avrei risparmiato tutto questo: la sconfitta, la vergogna, e anche il fatto di perdere i tuoi amici." Mi guardò con aria compassionevole. "Sai, Rudi, non posso farci niente se preferisci toglierti gli occhiali invece che guardare in faccia alla realtà!"

"Sì, hai ragione!" borbottai. "E non potrai mai impedirmi di farlo! Allora ciao, fantasma dello specchio! E... buonanotte!"

Detto, fatto. Mi strappai gli occhiali dal naso, incrociai le braccia sul petto e guardai, soddisfatto, il mondo intorno a me che svaniva come dietro a una lastra di vetro opaco. *Me ne sono liberato, finalmente!,* pensai.

Ma il Rudi dello specchio riprese a parlare. "Be'? E adesso? Non crederai mica di riuscire a dormire?"

"Lasciami in pace! Tanto non ti vedo!" lo zittii e fissai quello che supponevo fosse il soffitto.

"Non ci credo!" mi incalzò. "Guarda un po' da questa parte!"

"Non ci penso nemmeno!" farfugliai.

"Dai, su. Non hai mica niente da perdere!" implorò il fantasma dello specchio. "Oltre i due metri non riesci a mettere a fuoco niente. E l'armadio è a tre metri e settantacinque centimetri dal tuo letto."

Tacqui e continuai a fissare il soffitto. Non volevo vedere quel verme.

"E dai, Rudi! Tanto non ti libererai di me, che tu mi guardi o meno! Allora, cosa ti cambia? L'unica differenza è se sei un vigliacco o se invece hai il coraggio di affrontarmi."

Era troppo! Aveva decisamente superato il limite! "Ritira subito quello che hai detto!" urlai. Uscii da sotto le coperte nel mio pigiama dell'Uomo Ragno, mi misi in piedi sul materasso e guardai nello specchio dell'armadio. "Non sono un vigliacco, hai capito? Io sono Rudi. Rudi l'e... l'...?"

"Rudi che cosa?" domandò il fantasma dello specchio.

Non ci potevo credere! Ovunque guardassi, il mondo scompariva dietro una cortina di nebbia, ma in quella nebbia lo specchio con l'odioso fantasma fluttuava perfettamente nitido.

"*Rudi che cosa*?" chiese di nuovo la mia immagine allo specchio.

"Cosa diavolo vuoi da me, spiritello da quattro soldi?" sibilai per tutta risposta.

Aveva funzionato. Il tipo dello specchio smise di parlare e si fece serio serio. O meglio: prese a fissarsi imbarazzato i piedi.

"Aha!" esclamai. "L'hai chiuso il becco, eh? Cavoli, adesso sì che si sta bene! Ora non devi fare altro che sparire! Mi hai sentito? Perché non te la batti e non cerchi lavoro come aiuto mostro in un tunnel dei fantasmi del lunapark?!"

Me ne stavo là, nel mio pigiama dell'Uomo Ragno, con i pugni stretti e così furioso che il materasso sotto di me tremava. Il Rudi dello specchio alzò la testa e all'improvviso non indossava più il pigiama dell'Uomo Ragno, ma un completo gessato come quello di Willi.

"Io non sono un fantasma!" disse con aria sincera. "E tu non sei l'Uomo Ragno. Lo sai benissimo."

Deglutii e fui sopraffatto da un diluvio universale di lacrime di coccodrillo. Aveva maledettamente ragione.

"E non sei nemmeno uno *Scatenato*. Quando entri in campo, è come se gli avversari avessero un giocatore in più! Lo aveva già detto Leo prima della partita contro Michi Cicciobullo. Per quel motivo ti aveva buttato fuori dalla squadra, ricordi?”

Eccome se me lo ricordavo! Per mille notti da incubo! Dove voleva andare a parare quel verme?

“Adesso te lo spiego” rispose lui leggendomi nel pensiero, come un vigile gentile al quale avessi chiesto la strada. “Prova a pensare se tu non fossi mai più rientrato nella squadra. Intendo quella volta, nell’intervallo della partita contro gli *Invincibili*. Secondo te la *Tribù del pallone* avrebbe perso oggi? No. Sicuramente no. Lo sappiamo benissimo tutti e due. Quindi è chiaro che la colpa è tua. È colpa tua se il loro sogno di vincere il campionato è andato in frantumi. Ti ricordi, dopo l’ultima partita, quando dopo il trionfo di Deniz e Fabi contro quelli del San Martino siete saliti sulla collina accanto alla *Bolgia infernale*? Spalla a spalla, le braccia intrecciate e la faccia rivolta al tramonto? Te lo ricordi? Ricordi che Leo ha contato fino a tre? Uno, due, tre. È andata così, giusto? E poi ognuno di voi ha chiuso gli occhi e ha espresso dentro di sé lo stesso desiderio: diventare campioni d’autunno!”

Il Rudi dello specchio mi guardò e, come se ci provasse gusto, aspettò che lacrime grosse come uova di piccione mi sgorgassero dagli occhi.

“Gli *Scatenati* sono i miei amici” sussurrai con voce rauca, come per fare un ultimo tentativo.

“Non so di che genere di amicizia parli” mi interruppe bruscamente. “Il tiro sopra la traversa, che Yo-yo avrebbe sicuramente segnato, ti sembra forse una dimostrazione di amicizia? Direi proprio di no. Gli *Scatenati* volevano vincere oggi. *Dovevano* vincere, per riuscire a sopportare l’inverno. E adesso, invece, l’inverno li soffocherà. Forza, guarda fuori dalla finestra e rispondi a questa domanda: credi che a primavera la *Tribù del pallone* esisterà ancora?”

Guardai verso la finestra, ma ero senza i miei occhiali e non riuscivo a vedere niente. Nient’altro che una cortina di nebbia. E quando mi girai a guardare l’armadio, anche lo specchio era sparito dalla mia vista. E con lui la mia immagine.

Ero solo.

Novembre, dicembre

L'ultima settimana di novembre sprofondò nella neve fredda e umida. Fiocchi appiccicosi come zucchero filato cadevano senza sosta, limitando la visibilità a pochi metri. Le strade sembravano coperte di una schiuma dalla quale sgorgava una poltiglia di neve sporca, come l'acqua che trabocca dalla vasca da bagno di uno spazzacamino troppo grasso.

A scuola non ci parlavamo quasi più. O meglio, gli altri parlavano ancora tra loro, ma sottovoce, e sempre voltandomi la schiena. Io, almeno, avevo quell'impressione. E quando chiedevo loro se potevamo vederci dopo la scuola, scuotevano la testa.

Leo aveva la lezione di percussioni e Toni doveva esercitarsi con il sassofono. Fabi andava alla partita di hockey su ghiaccio e Roche si allenava con suo padre. Maxi doveva mettere in ordine la sua collezione di palloni, Vanessa voleva vedere in televisione il campionato di boxe dei pesi massimi con sua nonna Petula che era venuta a trovarla, e Teddy e Pablo andavano al cinema con il padre.

Non credevo a una sola delle loro parole. Quelle scuse puzzavano a un chilometro di distanza come lo sterco di un ippopotamo! Possibile che qualcuno faccia tutti i giorni sempre la stessa cosa? È possibile, secondo voi? Perfino la Nazionale di calcio si riposa ogni tanto! E poi quasi nessuno può permettersi di andare tutti i giorni al cinema... e una come nonna Petula non si può mica sopportare ininterrottamente, senza mai fare una pausa!

Ma non mi sognavo assolutamente di dire nulla di tutto ciò. Dopo la mia conversazione con il fantasma dello specchio, ne avevo abbastanza della verità. Non volevo sentirmi dire che i miei amici non mi volevano, che preferivano stare da soli piuttosto che con me. Così decisi di stare da solo. Non avevo altra scelta. Yo-yo, Markus e Deniz frequentavano altre scuole e non avevo più avuto loro notizie, e quanto a Felix era malato da settimane.

Me ne stavo sdraiato sul letto in camera mia e fissavo il soffitto. Eravamo a metà dicembre e fuori si gelava. La neve in poltiglia era ghiacciata da giorni, ma il cielo era tornato azzurro.

"Felix! Accidenti!" mi venne in mente di colpo. Potevo andare a trovare lui! Di sicuro non aveva niente di meglio da fare, e comunque non avrebbe potuto evitarmi o scappare. Era a letto, malato. Avrebbe *dovuto* ascoltarmi. E se lo avesse fatto, mi avrebbe capito, ne ero sicuro. Avrebbe capito che ero uno *Scatenato* e che volevo continuare a esserlo, e che volevo che la *Tribù del pallone* continuasse a esistere anche dopo l'inverno.

Pochi minuti dopo corsi fuori di casa, saltai sulla mia bici parcheggiata sul passo carraio e uscii a rotta di collo sul vialetto.

Nella curva scivolai sulla poltiglia ghiacciata come una moto da speedway, ma me la cavavo abbastanza bene e riuscii a tenere la strada. Passando sul marciapiede sfrecciai dritto verso l'incrocio. *Per tutti i potenti spiriti chiusi in bottiglia!* Un pensiero mi attraversò la mente come un fulmine a ciel sereno. *La bancarella. Il fruttivendolo! Dove si sarà nascosto stavolta?*

Mi guardai intorno terrorizzato, aspettandomi da un momen-

to all'altro di finire in una cassetta di datteri o di noci. Ma né la bancarella né il fruttivendolo si vedevano da nessuna parte.

Non volevo e non potevo crederci, tanto che mentre svoltavo all'incrocio mi girai un'ultima volta a controllare. No, non c'era! Una fortuna incredibile! Ripresi a pedalare a tutto gas. Ancora in piena curva accelerai e, sollevato, ripresi a guardare avanti.

"Per la iella di Belzebù e il suo uccello del malaugurio!" strillai inchiodando.

La bancarella del fruttivendolo si materializzò di colpo proprio davanti ai miei occhi. Sebbene il battistrada della mia ruota da trattore tenesse sul ghiaccio come una gomma chiodata, un istante dopo volavo alla velocità della luce contro le cassette con le noci, i mandarini e i datteri.

Carambola e quarantotto! La terra si capovolse, girò vorticosamente intorno a me per tre volte e mi catapultò direttamente all'inferno, un inferno appiccicoso e marrone, finché non mi tolsi i datteri dal viso. Ma fu un errore, perché a quel punto lo vidi. La sua testa oscurò il cielo, e quando mi rimise gli occhiali sul naso sul suo viso si stampò un sorriso gelido. "Te l'avevo detto che ti avrei acchiappato!" disse con una voce talmente inespressiva che mi fece correre un brivido lungo la spina dorsale.

Poi la sua mano grossa come la pala di un escavatore agguantò il povero lobo del mio orecchio per tirarmi fuori dai datteri, dai mandarini e dalle noci. “E adesso ce ne andiamo insieme da tua madre!”

“Per tutta la iella nera del mondo!” imprecai. “E per dieci quintali di sterco di ippopotamo! Non è giusto, ha capito? Che cosa posso farci io se lei si mette tutti i giorni in un posto diverso? E poi non è mica colpa mia se lei non chiude il battente del suo camioncino.”

Mia madre, però, credette più al fruttivendolo che a me. Ferma in cima alle scale e senza aprire bocca guardava giù verso l’ingresso dove eravamo noi. Il fruttivendolo le raccontò tutto. Senza smettere di tirarmi il lobo dell’orecchio fino a farlo diventare lungo almeno un metro e quaranta, le raccontò la sorte toccata a ogni singolo kiwi, arancia, mandarino e dattero. Alla fine della storia mia madre tirò fuori la stilografica, firmò un assegno e scese le scale. Dovetti chiederle scusa tre volte prima che riuscisse a smettere di ripetere: “Fulmini e saette!”

Poi arrivò la mia condanna a morte. “Da oggi le cose cambiano!” sentenziò.

Così, dopo che il fruttivendolo se ne fu andato con l’assegno, mi costrinse a fare una telefonata.

“Pronto, ehm, sì, sono Rudi” dissi con voce strozzata lanciando un’occhiata implorante a mia madre. Non poteva chiedermi questo. Ma lei stava già salendo le scale, perché voleva tornare al più presto al suo lavoro, e il suo sguardo era inflessibile.

“E va bene, se è questo che vuoi!” mi affrettai a dire e continuai la mia telefonata: “Sì, sono proprio Rudi-tesoruccio. Fate come volete. L’importante è che passiate a trovarmi, avete capito? Sì, tutte e tre. Sono solo, sapete e - porca paletta! - avrei proprio voglia di giocare con voi!”

A quel punto ogni possibilità di andare a trovare Felix era svanita. Ero disperato, e la disperazione mi rendeva cieco come se non avessi gli occhiali, e così mi sentii tre giorni dopo, quando andai a pattinare con le tre figlie delle amiche di mia madre.

I tre mostri con i capelli infiocchettati come barboncini portavano delle mantelline di pelliccia color pastello sopra i loro vestitini con i volant e, perché mi intonassi con loro, non si erano limitate a cotonarmi e a mettermi in piega i capelli, no, mi avevano anche fatto indossare dei paraorecchie di peluche rosso.

Il fruttivendolo scoppiò a ridere vedendomi

passare così conciato davanti alla sua bancarella, e fu allora che me ne resi definitivamente conto: Rudi l'eroe non esisteva più. Anzi, non era mai esistito. Rudi l'eroe era solo un enorme bluff da quattro soldi.

Disperatamente infelici

L'ultimo giorno di scuola fu triste e silenzioso. Le vacanze erano inutili e insignificanti quanto un pallone quadrato, e nessuno sprecò il fiato per parlare del Natale. Non importava quanto fantastici fossero i nostri desideri: non ci interessavano più. Mancava un solo giorno alla vigilia di Natale... ed eravamo infelici e svogliati. Riuscite a immaginarvi una cosa simile?

Era come se le palline di vetro di tutti gli alberi di Natale del mondo fossero scoppiate nello stesso istante.

Per mille cocci tintinnanti! Di colpo fu come se mi fosse caduta una fetta di prosciutto dagli occhi: non ero solo io a stare male. No! Per trecento diluvi universali di lacrime di coccodrillo! I miei amici non stavano meglio! Si erano *tutti* chiusi in se stessi. Me ne resi conto solo in quel momento. Leo rifiutò l'invito di Fabi ad andarlo a trovare a casa sua, e Fabi rispose in modo brusco e laconico quando Leo ricambiò l'invito. Toni e Roche cominciarono addirittura a litigare, accusandosi a vicenda di evitare l'altro, mentre i restanti *Scatenati* non si parlavano più del tutto.

E poi vidi Maxi piede di velluto Maximilian, quello dal tiro più forte del mondo. Il poveretto sembrava incastrato in un'armatura con le articolazioni arrugginite. Un tipo di fatti più che di parole, uno che non parlava nemmeno quando era al telefono, era tutto il giorno che non la smetteva di gesticolare: cercava di dire qualcosa, ma non ci riusciva. A quel punto nulla riuscì più a trattenermi e così ruppi quel silenzio opprimente. "Non si può andare avanti così!" sbottai.

Gli altri mi fissarono. Avevano già inforcato le loro mountain bike e stavano per sparire, sparpagliandosi in tutte le direzioni. Ma io mi ero piazzato davanti all'unica uscita del deposito delle biciclette della scuola e sbarravo loro la strada. "Porca paletta e zampe di rinoceronte! Dobbiamo fare qualcosa! Altrimenti presto smetteremo di esistere!"

"Ah, sì? E allora?" sibilò Leo. "Penso che tu abbia già fatto anche troppo."

Aveva fatto centro. Mi aveva colpito dritto al cuore, ma aveva ragione. Rubare la palla a Yo-yo era già stato più che imperdonabile, ma spedirla sopra la traversa da meno di due metri di distanza era stata una cosa di una stupidità inaudita. Meritava una punizione, anzi, di più: meritava l'espulsione a vita! Ma in quel momento non me ne importava un fico secco. "L'ha detto Willi" ribattei. "E anche il fantasma nello specchio del mio armadio! In questo modo non riusciremo mai a sopportare l'inverno!"

Silenzio. Perfino Teddy, il fratellino di Pablo che aveva solo sei anni, aggrottò la fronte come un vecchio di centocinquantun anni. "Willi *e chi*?" domandò.

"La mia immagine allo specchio!" spiegai come se si trattasse della cosa più normale del mondo. "È come per Felix. Anche lui parla con un pistolero, no?"

"È vero, ma il pistolero è sua madre!" commentò asciutto Toni.

"E allora? Che differenza c'è? L'immagine allo specchio sono io. Anzi, no, è il mio fantasma! Sapete, indossavo il mio pigiama dell'Uomo Ragno, ma il fantasma nello specchio..."

"Pigiama dell'Uomo Ragno?" chiese Vanessa incredula. "Ti metti davvero il pigiama dell'Uomo Ragno?"

"Sì!" dissi sorridendo orgoglioso, avendo scambiato la sua ironia per interesse. "E per giunta quello originale, quello che viene dall'America! Ma tutt'a un tratto la mia immagine allo specchio indossava un completo come quello di Willi. Capisci, Vanessa? Ecco perché non poteva che trattarsi del mio fantasma!"

La guardai pieno di aspettative. Se Vanessa mi avesse creduto, lo avrebbero fatto anche gli altri. Lei si mordicchiò il labbro inferiore, cercò lo sguardo di Leo, Toni e Fabi e alla fine disse, sottovoce ma decisa: "Credo di dovermene andare da qui. E subito!"

Detto questo partì in quarta e dovetti farmi da parte per non essere investito. Gli altri la seguirono in formazione, anzi, volarono letteralmente via, e quando pensarono di essere oltre portata d'orecchi, scoppiarono a ridere così forte che per poco non caddero dalle bici. Ogni tanto riuscivo a sentire qualche parola di quello che li divertiva tanto.

"Santa polenta! Avete sentito?"

"Nell'armadio della camera di Rudi c'è un fantasma!"

"Ragazzi, vi prego, ditemi che è uno scherzo!"

"Uno scherzo? Quello lì si mette il pigiama dell'Uomo Ragno! E parlava seriamente!"

"Per tutte le puzzole pulciose! Devo andare a casa. Mi prendo un mantello da Batman e con quello addosso mi piazzo davanti alla lavatrice."

"Se lo fai, vengo anch'io. Forse vediamo volare fuori un vampiro!"

A quel punto non sentii più nulla. Forse ero diventato sor-

do per la vergogna e il dolore, oppure ero troppo lontano da loro. Mi incamminai lentamente. Dopo l'ultimo "incontro" con il fruttivendolo, mia madre mi aveva proibito di usare la bicicletta, perciò tornai a casa a piedi. Il silenzio era agghiacciante, anche se intorno a me la neve si stava sciogliendo. I miei piedi affondavano nella poltiglia fino alle caviglie. Arrivato al 6 del vicolo dei Cavalieri rimasi stupito di trovare un invito di Willi.

Nero come la notte con macchie rosso sangue

La lettera era sul tavolo, vicino alla posta di mia madre. La mamma l'aveva appoggiata contro un vaso perché la vedessi. Non l'aveva mai fatto! E poi, di solito, non prendeva sul serio quel genere di lettere.

Soprattutto non quelle nere come la notte.

Nere come la notte e con sopra il simbolo degli *Scatenati*.

Willi l'aveva dipinto personalmente. L'ombra di un sorriso mi balenò negli occhi e scivolò giù a solleticarmi la bocca.

Strappai la busta, tirai fuori un foglio di carta nera piegato e lo aprii. Una spettrale scritta rossa punteggiata di macchie rosse che sembravano gocce di sangue diceva:

Il mio sorriso svanì come il fruscio dell'erba nel vento. Il mio viso si irrigidì in una maschera di rabbia.

Erano andati da Willi e gli avevano raccontato tutto: del fantasma dello specchio e del pigiama dell'Uomo Ragno. Avevano riso insieme a lui alle mie spalle, e adesso anche Willi mi prendeva in giro. Era chiaro come il sole.

La scritta. L'inchiostro rosso e le macchie che sembravano gocce di sangue. Il "Uaah!" alla fine e... e l'invito stesso. Come e dove si poteva andare in slitta quel giorno? La neve si era sciolta quasi tutta e per le strade non c'era che poltiglia.

Ero furioso. La rabbia mi scaturiva dal profondo dell'anima, una rabbia silenziosa ma violenta, e proprio con l'aiuto di quella rabbia decisi di mettere fine per sempre alla mia vita di *Scatenato*. Presi tra le dita il foglio nero con la scritta rossa e stavo per togliermi il gusto di strapparlo in mille pezzi, quando mia madre comparve in cima alle scale e disse con voce severa: "Puoi prendere la bicicletta!"

"Come hai detto, scusa? Non mi avevi proibito di usarla?" balbettai, ma lei sembrò non ricordarsene.

"Ho detto che puoi prendere la bicicletta. O parlo cinese?"

"Ma ho un appuntamento con Cinzia, Maria Chiara e Annalaura, che vengono qui perché vogliono insegnarmi a ballare sulle punte."

"Lo so. Ho già detto loro di non venire!" Con quelle parole mia madre strappò l'ultimo filo d'erba al quale mi ero aggrappato per evitare l'ennesima figuraccia. Gli *Scatenati* e Willi non aspettavano altro che accettassi l'invito. Mi avrebbero atteso in cima alla collina e si sarebbero sbellicati dalle risate vedendomi arrivare con lo slittino. Vedevo già la scena alla moviola. *Ehi,*

Rudi! Sei venuto, alla fine, da vero scatenato!, mi dicevano. *Facci vedere che campione di slitta sei!*

Nella mia fantasia mi vedevo anche lanciare a terra il mio slittino di plastica a padella, sedermici sopra e scivolare giù dalla collina. Ma era uno scherzo. La neve era sciolta, e dopo appena un paio di metri lo slittino si fermava con uno scossone violento e io volavo di testa nella poltiglia. Sì, era esattamente quello che sarebbe successo. Per mille notti da incubo!

"Allora? Che aspetti?" La voce di mia madre mi distolse dai miei pensieri riportandomi nell'anticamera del vicolo dei Cavalieri. "Non sono contenta, capito? Ma quel Willi ha telefonato e mi ha pregato e supplicato per mezz'ora, dicendo che per lui era molto importante che tu andassi."

Per un attimo restai di stucco, ma poi il sorriso mi balenò per la seconda volta negli occhi e andò a solleticarmi la bocca. "Perché non me lo hai detto subito?" esclamai irritato ed eccitato allo stesso tempo. Ma non aspettai di sentire la risposta. Corsi in camera mia, mi misi in spalla lo slittino a padella come fosse lo scudo di un vichingo e un istante dopo mi sbattevo alle spalle la porta di casa, strappavo dal muro la mia bicicletta, saltavo in sella, passavo in volata il cancello e mi precipitavo sul vialetto.

Per tutti i potenti spiriti chiusi in bottiglia!, mi guizzò nella mente, mentre un brivido freddo mi correva lungo la spina dorsale. *Per tutti i potenti spiriti chiusi in bottiglia!*

Mi ero dimenticato del fruttivendolo! Ero così terrorizzato che il mio cervello lavorava alla velocità della luce. Come al rallentatore sfrecciai sul vialetto, guardandomi intorno da tutte le parti contemporaneamente. Ancora un nanosecondo e ci sarebbe stato un urto fragoroso, e io sarei atterrato in una cassetta di frutta. Carambola e quarantotto!

No, non volevo che succedesse! Frenai di colpo. La ruota posteriore da trattore si bloccò e io volai sopra il manubrio, finendo col sedere per terra.

Senza fiato rimasi lì seduto e mi guardai intorno. La strada era vuota. Bancarella, fruttivendolo e camioncino si erano dissolti nel nulla, come se non fossero mai esistiti. Di loro oggi non c'era traccia.

"Per tutti i gufi spennati!" sussurrai, levando al cielo la mia imprecazione di gioia. "Che fortuna incredibile!"

Balzai in piedi, agguantai la mia bicicletta e senza far caso al manubrio storto che tirava verso sinistra pedalai felice fino alla *Bolgia infernale,* il luogo più indemoniato e rovente di tutta la terra, dove avrei appreso un segreto al quale - ci metto tutti e due i piedi sul fuoco - nessuno di voi crederà.

Notte di lucciole e punch

Più salivo su per la collina, più la neve sul sentiero si trasformava in fanghiglia molle. Senza la mia ruota posteriore da trattore che scavava e mordeva il pendio non ce l'avrei fatta di sicuro. Mancava poco per raggiungere la cima. Solo un ultimo sforzo e presto i miei amici, gli *Scatenati,* mi avrebbero accolto e avremmo festeggiato il Natale insieme... con una scatenata festa in slittino! Con quel pensiero in mente raggiunsi con un ultimo salto la cima della collina, feci un'inchiodata da duro e mi fermai di traverso sul viottolo. RRRAAAA! Sotto di me c'era la *Bolgia infernale,* silenziosa e deserta. E altrettanto silenziosa e deserta era la collina intorno a me.

Non era venuto neanche uno degli altri *Scatenati* e sulla collina non c'era la minima traccia di neve. Mi avevano imbrogliato! Perfino Willi si era prestato al loro scherzo cattivo! Aveva addirittura telefonato a mia madre! E io ero stato così stupido da credergli. Andare sullo slittino con quel tempo, con la neve che si era quasi tutta sciolta? Be', mi stava bene, pensai sforzandomi di ricacciare indietro le lacrime. Ma ero fatto così, non potevo cambiare, con tutta la mia buona volontà. Era scritto che io andassi all'appuntamento, era scritto che io mi bevessi tutto, anche se mi avessero voluto far credere che ero stato scelto come giocatore del millennio. Porca paletta! Mi sentivo così solo, e non c'era nessuno che mi mancasse più dei miei amici, più della *Tribù del pallone,* la squadra migliore del mondo.

"E io che pensavo che non sarebbe più arrivato nessuno" disse una voce alle mie spalle.

Mi girai di scatto e vidi Willi. "Dove sono gli altri?" gli chiesi, sicuro che un attimo dopo sarebbero tutti usciti ridendo e schiamazzando dai loro nascondigli. Ma la cima della collina era deserta. Lassù non c'erano posti in cui nascondersi.

"Speravo lo sapessi tu" rispose Willi. Nel suo completo gessato si sedette sulla sua slitta in mezzo al fango e mi guardò con occhi sinceri.

Aggrottai la fronte. Non riuscivo a crederci: lui era un adulto, e gli adulti non possono essere stupidi quanto me. "Non dirmi che volevi andare in slitta!" gli ringhiai contro, come fa un cucciolo di lupo quando vede per la prima volta la sua immagine riflessa. "Ci sono già io a prendermi in giro da solo, non ho bisogno che ti ci metti pure tu!"

"Già. Ehm... sì... la slitta mi sa che possiamo dimenticarcela!" balbettò Willi. "Ma cosa ne dici di un buon goccetto di vin brulé? Penso di averne bisogno." Mi strizzò l'occhio con aria cospiratoria.

"Willi!" esclamai inorridito. "Ho nove anni e sono uno *Scatenato*. Sono quasi un calciatore professionista, e questo significa che per me l'alcol è veleno."

“Ops! Scusa, hai ragione. Mi dispiace!” si scusò Willi. “Allora, cosa ne dici di una tazza di punch scatenato, controllato e approvato dalla FIFA e dalla FIGC?”

Il sorriso mi sgorgò dagli occhi e mi solleticò la bocca così forte che mi misi a ridere. Anche Willi rise, poi si alzò in piedi e insieme scendemmo dalla collina e ci avviammo verso la *Bolgia infernale*. Io spingevo la mia mountain bike, e sulla schiena portavo lo slittino di plastica, come fosse lo scudo di un vichin-

go. Willi camminava al mio fianco, con la giacca a vento sopra il completo gessato e la sciarpa arancione che gli dondolava sulla spalla. Eravamo una coppia buffa, e nonostante questo mi sentivo gonfio d'orgoglio. Willi mi aveva invitato a casa sua, nel camper dietro al chiosco! Non l'aveva mai fatto con nessun altro *Scatenato,* e io capii che era un grande onore.

Visto da dentro il camper era molto più spazioso di quanto sembrasse dall'esterno. E brillava e scintillava come una gioielleria. A ogni parete c'erano degli scaffali stipati di medaglie e di coppe.

"Porca paletta!" mormorai impressionato. "Li hai vinti tutti tu?"

"Sì. O meglio, tutti tranne uno!" rispose Willi posando sul tavolo due tazze, una per sé e una per me. "Ma è passato un sacco di tempo." Poi le riempì e sollevò la sua per brindare. "Tutto ok!" disse.

"Finché sei scatenato!" risposi io e feci un bel sorso.

Il punch era buonissimo e mi fece sentire bene, dalle dita dei piedi alla punta dei capelli. Mi stiracchiai e mi guardai intorno incuriosito. "Tranne quale?" domandai. "Quale di questi trofei non hai vinto? E perché ce l'hai tu?"

Willi però non mi ascoltava. Mi guardava e basta. "Perché sei venuto?" chiese. "E perché gli altri no?"

"Non lo so" risposi alla seconda domanda. "Non mi hanno detto niente. Non parlano più con me."

Willi tacque, ma quando alzai la testa vidi che annuiva debolmente. E questo mi diede coraggio.

"Hanno riso di me!" gli spiegai e feci un altro robusto sorsone.

Anche Willi bevve, e poi chiese ancora una volta: "Perché?"

Non potei fare a meno di ridere. "Non te lo dico. Non posso e non voglio dirtelo!" Risi, ma i miei occhi erano serissimi. Mi vergognavo e avevo paura che anche Willi mi avrebbe riso in faccia se gli avessi raccontato tutto.

Ma lui mi incoraggiò a continuare. "Scommetto che è stato un grandissimo sbaglio ridere di te" disse con assoluta convinzione. "E scommetto anche un'altra cosa: che se avessero anche solo metà del tuo fegato, sarebbero tutti seduti qui con noi in questo momento."

Lo guardai sbalordito. Questa volta il sorriso mi sgorgò dalla pancia, ma io lo ricacciai indietro. "No, non è vero che ho fegato" protestai vivacemente. "Sono solo uno spaccone. Ho cannato il gol decisivo e ho buttato al vento il titolo di campioni d'autunno. Uso il pigiama dell'Uomo Ragno e... e ho raccontato loro che la mia immagine allo specchio è un fantasma che indossa un completo gessato come il tuo."

Ecco, avevo sputato il rospo. Willi si aggiustò il cappellino rosso da baseball e si grattò la fronte. Poi scosse la testa e alla fine scoppiò a ridere. "No... non è possibile. Parli sul serio?"

Deglutii e il cuore cominciò a battermi talmente forte da assordarmi. Stavo per saltare in piedi e correre fuori. Se l'avessi fatto, però, nessuno avrebbe mai più potuto trascinarmi vicino alla *Bolgia infernale* o a un pallone da calcio. Ne ero così sicuro che ci avrei messo non solo tutti e due i piedi sul fuoco, ma anche il mio cuore.

“La sai una cosa?” proseguì Willi divertito. “Non ci posso credere. Non ci posso proprio credere! A me succede spesso la stessa cosa, sai? Con una differenza, però. Che quando parlo con il mio fantasma nello specchio, lui non porta un completo gessato, ma un pigiama da Uomo Ragno... ed è una vera peste.”

Rimasi lì, seduto, e per un attimo mi dimenticai quasi di respirare, tanto ero esterrefatto. “Per tutte le mele caramellate e bruciacchiate! Hai ragione... è proprio una peste!” sussurrai senza fiato.

“Sì!” confermò Willi. “Non sta mai zitto!”

“E dice sempre solo quello che non vuoi assolutamente sentirti dire!” esclamai indignato.

“Proprio così!” tuonò Willi. “E ha sempre dannatamente ragione!” Mi guardò con un sorrisetto malizioso. “Vero?”

Mi agitai nervosamente sulla panca e provai a rispondergli un bel NO. Volevo scuotere la testa, volevo dirgli che doveva lasciarmi in pace. E invece chinai il capo, annuii e dissi con un filo di voce: “Ha detto che non sono uno *Scatenato*. E che è colpa mia se presto la *Tribù del pallone* non esisterà più”. Radunai tutto il coraggio che mi era rimasto e guardai Willi dritto negli occhi. “Willi! Io non voglio che il fantasma dello specchio abbia ragione. Dannazione, voglio che si sbagli!”

Willi annuì. “Ti credo. Ma se è così, glielo devi dimostrare.”

“Ma come?” protestai. “Gli altri ridono di me. E hanno ragione. Per quanto riguarda il calcio valgo meno di una cicca!”

Willi mi guardò inorridito e gli ci volle un’eternità per digerire questa frase. “Ne sei proprio sicuro?” domandò poi, ma non aspettò di sentire la mia risposta. “No, ti prego, non dire niente adesso” mormorò con un sospiro, ma non poté impedirmi di annuire.

Io, infatti, ero assolutamente sicuro di quello che avevo detto. E, a essere sinceri, l’avevo sempre saputo. Fin dalla partita contro gli *Invincibili*. Per quanto riguardava il calcio ero una schiappa totale.

Willi si tolse il cappellino e si passò la mano sui capelli, come per consolarsi. Poi bevve un sorso, rifletté per un istante, vuotò la tazza e ne tracannò altre due. “Oh, cavoli! È proprio dura” sospirò. “Mannaggia la miseriaccia! Se è così, hai un’unica possibilità. Una sola, piccolissima possibilità.”

Mi aggrappai ai bordi del tavolo come fosse una questione di vita o di morte. I miei occhi erano incollati alle sue labbra. Per tutta la iella nera del mondo! Se c’era una possibilità anche piccolissima, non intendevo lasciarmela sfuggire.

Willi mi squadrò con aria scettica. “Sto parlando di qualcosa di molto difficile, come per un elefante stare in equilibrio su un filo di seta teso sopra al Grand Canyon. Credi davvero di avere il coraggio di fare una cosa del genere?"

Deglutii. Era impossibile. L'elefante non poteva che cadere! Ma non avevo scelta. Dovevo provarci, tutto qui, perciò mi mordicchiai le labbra e feci di sì con la testa. Per tutti i gironi sfrigolanti dell'inferno! Dovevo essere impazzito!

Willi, invece, annuì soddisfatto. "Bene. Sapevo di non essermi sbagliato sul tuo conto." Si girò, prese un vecchissimo pallone di cuoio da uno scaffale e lo posò tra di noi sul tavolo.

"Ecco. Guardalo bene. È il trofeo che non ho vinto. Mi è stato regalato. O meglio: mi è stato affidato."

Willi notò il mio sguardo perplesso. Che cosa c'entrava quel vecchio pallone con tutte quelle coppe scintillanti? "Lo so" ammise "sembra non valere niente. Ma per me è la cosa più preziosa del mondo." Willi si agitò nervosamente sulla panca. "Adesso ascoltami molto bene. Lascia che ti racconti tutto e dopo puoi fare quello che vuoi. Puoi alzarti, andartene e dimenticare tutto, oppure puoi provarci, ed essere l'elefante che danza su un filo di seta sopra al Grand Canyon. D'accordo?"

Non sapevo cosa fare. Non capivo niente. Un pallone antidiluviano, un filo di seta e un elefante che passava sopra al Grand Canyon. Porca paletta! Che cosa c'entrava un elefante con il Grand Canyon? Ma a Willi sembrava tutto così logico! Si chinò verso di me e cominciò a parlare sottovoce, come se mi stesse confidando il più grande segreto del mondo del calcio.

"Sai, Rudi, io ero proprio come te. Solo un pochino più grande. Credo che all'epoca avessi sedici anni. Ma non ha importanza. Erano altri tempi. A ogni modo, mi facevo le tue stesse domande. Le stesse che adesso ti rendono tanto infelice."

Boccheggiai. Non mi ero accorto di avere trattenuto il fiato così a lungo. Willi, il migliore allenatore del mondo, aveva avuto le mie stesse paure? Mi sembrava impossibile, e tuttavia quel pensiero così "impossibile" mi dava coraggio. "Okay! Continua!" dissi schiarendomi la gola e Willi annuì soddisfatto.

"Allora avevo un solo obiettivo. Volevo diventare il migliore giocatore di calcio del mondo. Meglio di Figo, Zidane e Ronaldo messi insieme. Ma purtroppo la verità era un'altra. Il padre di Michi Cicciobullo mi aveva distrutto il ginocchio e io zoppicavo come il Gobbo di Nôtre Dame. Ero disperato, perché l'unica possibilità che mi restava era diventare raccattapalle in un club di minigolf. Poi, una sera, il mio allenatore mi invitò a casa sua! Mi sedetti davanti a lui, proprio come tu sei seduto davanti a me adesso, e mi confidò il più grande segreto del mondo del calcio."

La storia stava diventando avvincente da morire. Ginocchia rotte non ne avevo, però non avevo neanche un piede giusto. Willi mi prese la mano e mi guardò negli occhi, scrutandomi fino dentro all'anima.

"Ogni ventiquattro anni, se si è fortunati e se le lucciole brillano qualche giorno prima di Natale, l'oracolo del calcio dà il suo responso. Poco dopo la mezzanotte, infatti, nel vecchio stadio olimpico sulla strada che porta nel bosco la notte di Capodanno si accende l'impianto di illuminazione e compaiono loro, le più grandi leggende del calcio mondiale. Giocano con te, e dopo la partita ti dicono se ce la farai."

"Se ce la farò a fare cosa?" domandai ipnotizzato.

"Se riuscirai a diventare un calciatore professionista" rispose Willi, e dopo una pausa aggiunse: "O se, magari, ti aspetta un altro compito".

"E a te?" volli sapere. "A te cos'hanno detto? Qual è stato il loro verdetto?"

"Che non ero abbastanza bravo!" rispose Willi, e chiuse gli occhi come fosse appena stato condannato a morte. "Non ero abbastanza bravo! Questo mi hanno detto, augurandomi buona fortuna per il resto della mia vita. Ero molto amareggiato, come puoi immaginarti. Ma poi mi diedero questo pallone, che adesso è tanto vecchio e malridotto, e mi sussurrarono che avevo un altro compito nella vita. Dovevo solo aspettare, e prima o poi avrei scoperto di cosa si trattava." Willi rise, ma aveva gli occhi velati di lacrime. "E alla fine ho capito qual era il mio compito. L'ho scoperto quando siete venuti da me. Quando sono diventato il vostro allenatore! L'allenatore della migliore squadra del mondo." Willi mi guardò. Bevve un'altra tazza di punch e solo in quel momento mi resi conto dall'odore che il suo punch non era sicuramente controllato e approvato dalla FIGC. "Mi capisci, Rudi?" biascicò stringendomi forte la mano. "Adesso hai anche tu questa opportunità. Un'opportunità che viene concessa solo ogni ventiquattro anni a un ragazzo che ama il calcio." Gli occhi di Willi luccicavano per l'eccitazione e continuarono a luccicare anche quando ci salutammo, davanti al camper. Era buio, ormai. Una raffica di vento fischiò tra le assi della staccionata di legno, si intrufolò sotto lo slittino di plastica che avevo sulla schiena e per poco non mi buttò a terra.

"Non saprei" tergiversai, dondolando da un piede all'altro. "Sembra una storia piuttosto fantasiosa, Willi, non trovi?"

Willi rimase in silenzio.

"E se anche fosse vero, cosa cambia?" domandai, aggrappandomi a un ultimo, debolissimo filo di speranza. "Gli altri ridono di me. Per loro sono Rudi il pagliaccio. Rudi il matto. Non mi ascolterebbero mai."

"E allora?" replicò Willi. "Se credi veramente in qualcosa di tanto importante, devi mettere in conto che qualcuno possa prenderti in giro."

"E se non ci riesco?" ribattei.

"Allora presto la *Tribù del pallone* non esisterà più. Non crederai mica che io abbia invitato solo te, vero? Tutti hanno ricevuto la mia lettera, anche Roche il mago e Deniz, che abita dall'altra parte della città. Ma non hanno avuto il fegato di venire. Loro ci hanno rinunciato da tempo."

Rimasi fermo, al buio. I miei occhiali erano così appannati da trasformare il mondo intorno a me in una specie di bagno turco. I miei piedi affondavano in una poltiglia molliccia e appiccicosa come fossi caduto in un barattolo di miele, e Willi non aveva niente di meglio da fare che nominarmi cavaliere, anzi, salvatore della squadra migliore del mondo.

"Ci sei già riuscito una volta, Rudi, ricordi? Quando Leo ti aveva buttato fuori dalla squadra insieme a Teddy. Prima della partita contro gli *Invincibili.* Quella volta sei venuto a chiamarmi! Dannazione, sono sicuro che non te ne sei dimenticato. E poi hai anche segnato il gol della vittoria, e per di più con il tuo piede sbagliato."

"Io non ce l'ho un piede sbagliato!" gli feci notare con sincerità.

"E anche se fosse? Che importa?" disse Willi in tono supplichevole. "Tu sei come la quercia nel vento. Tu sì che credi in quello che siamo. Senza di te la *Tribù del pallone* non esisterebbe nemmeno."

In quel momento una raffica di vento si intrufolò sotto lo slittino di plastica che avevo sulla schiena e mi sollevò a venti centimetri da terra.

"Proprio una bella quercia nel vento!" osservai ironicamente. Mi voltai e spinsi la bicicletta attraverso il cancello di legno e poi su per la collina.

Triple caccole di rinoceronte e dieci quintali di sterco di ippopotamo! Perché dovevo sempre credere a tutto? Ma se facevo fatica anche solo a spingere la mia mountain bike per bambini su per la collina!

Willi però non aveva ancora intenzione di mollare. "Non dimenticare le lucciole!" mi gridò dietro.

"Lucciole!" borbottai scuotendo la testa. Lucciole, i giorni prima di Natale: non esisteva! Erano sparite da tempo!

Ma quando raggiunsi la cima della collina, mi fermai di botto e mi pizzicai forte una guancia.

Intorno a me era tutto un luccichio. Migliaia di puntini luminosi danzavano in quella notte di pieno inverno. Per istante mi bloccai, sbigottito, ma poi saltai in sella e partii in quarta.

Pedalai più veloce che potevo, e solo quando svoltai nel vicolo dei Cavalieri, sgommando sulla ruota posteriore da trattore, vidi la bancarella del fruttivendolo. Per tutte le mele caramellate e bruciacchiate! Da dove diavolo era sbucato? Era troppo tardi per farsi quella domanda, però, visto che stavo già sfrecciando contro i datteri, e il fruttivendolo mi sbarrava la strada con le sue manone da escavatore!

Per mille notti da incubo! Stavolta sono proprio spacciato!, mi balenò nella mente.

Ma in quel momento vidi un piccolo cantiere sulla strada e un'asse di legno appoggiata a una carriola ferma sul marciapiede. Evidentemente qualche operaio l'aveva dimenticata lì...

O era stato un angelo? Non lo so. So solo che sfrecciai a tutta velocità sopra asse e carriola, decollai e volai al di sopra della bancarella, mentre il fruttivendolo spaventato si tuffava tra i datteri e si nascondeva sotto i mandarini.

RRRAAAA!

Avreste dovuto vedermi. È stato fortissimo! E prima che il fruttivendolo capisse in quale cassetta era finito, prima che saltasse fuori imprecando, io ero già al sicuro a casa mia.

Rudi il pagliaccio

La sera della vigilia era tutti gli anni uguale, almeno a casa mia. Mia madre e io festeggiavamo soli. Il nostro albero di Natale, un vero abete argentato bonsai, veniva dal Giappone o da Taiwan. Alto più o meno trenta centimetri e decorato di palline grandi come pomodorini, veniva piazzato sotto le scale su un vecchio sgabello.

Ci stavo seduto davanti dalle quattro di quel pomeriggio in attesa di qualcosa che sapevo con certezza non sarebbe successa. Alle sei in punto mia madre uscì dal suo studio e accese lo stereo, e mentre ascoltavamo *Tu scendi dalle stelle* ci abbracciammo e ci scambiammo i regali.

Aprii per primo il mio, e per il terzo anno consecutivo dentro il pacco trovai un pigiama da Uomo Ragno. Ebbi la tentazione di dirle una cosa del tipo: *Mamma, ho nove anni. Gli Scatenati mi prendono in giro perché mi metto pigiami di questo genere!* Ma decisi che era meglio tacere, perché tanto mia madre non avrebbe capito. Aspettai invece con impazienza che aprisse il suo pacchetto. Stavolta mi ero impegnato moltissimo: avevo scelto per lei il regalo più bello che uno *Scatenato* possa fare. Ma mia madre ebbe una reazione simile alla mia.

Fissò in silenzio il bigliettino che le avevo disegnato io stesso. "Tribuna dei Vip" c'era scritto a grandi lettere sul cartoncino nero. E sotto: "Il possessore di questa tessera esclusiva e personale è autorizzato ad assistere a tutte le partite in casa della *Tribù del pallone*. Il posto è quello accanto al chiosco, sotto l'ombrellone. Gli verranno offerti anche un'aranciata e un panino scatenato!"

Era tutto. Quel giorno era passato, ma quelli che lo seguirono sembravano non finire mai.

All'inizio avevo almeno una consolazione: per le vacanze le tre figlie delle amiche di mia madre, Cinzia, Maria Chiara e Annalaura, erano andate in montagna a sciare, e quindi non avrebbero potuto torturarmi. Ma il quarto giorno, tre prima di Capodanno, arrivai addirittura a sentire la loro mancanza. Quei tre mostri pieni di fiocchi e volant mi avrebbero almeno distratto un po'. Non riuscivo più a sopportare la solitudine e così, il giorno prima di Capodanno, mi precipitai fuori di casa per andare a trovare uno dopo l'altro gli *Scatenati*.

Era più forte di me. *Dovevo* raccontare loro quello che, secondo Willi, sarebbe successo la notte di Capodanno nel vecchio stadio olimpico. Forse ci avrebbero creduto, e allora ci avrei creduto anch'io. Quella notte avremmo tutti avuto la possibilità di conoscere il nostro destino.

A mezzanotte i riflettori si sarebbero accesi e le più grandi leggende del calcio mondiale sarebbero comparse e avrebbero giocato con uno di noi, e alla fine gli avrebbero detto se ce l'avrebbe fatta, se aveva la stoffa per diventare un calciatore professionista.

Ma da chiunque andassi, da Leo, da Toni, da Fabi, da Roche o da Vanessa, nessuno di loro credette a una sola delle mie parole. Perfino Teddy mi guardò come se mi fossi presentato con il mio pigiama dell'Uomo Ragno e gli avessi detto che le partite di calcio si giocano sui pattini dentro una piscina.

Era inutile. Non riuscii a convincere nessuno. Me ne tornai a casa ancora più triste e solo. Ma quella tristezza e quella solitudine risvegliarono la mia ostinazione!

Per pura testardaggine decisi che volevo dimostrare loro che l'oracolo del calcio non era una panzana. Chissà come si sarebbero pentiti di non avermi ascoltato! Si sarebbero pentiti e mi avrebbero invidiato per ventiquattro lunghi anni! Forte di quella risolutezza, mi preparai a superare l'ultimo ostacolo. "Senti, mamma!" esclamai rompendo il silenzio la mattina dopo a colazione. "Credo che stasera non festeggerò il Capodanno con te."

Mia madre alzò gli occhi dal giornale e aggrottò la fronte.

Ero seduto davanti a lei in perfetta tenuta da calcio e non avevo toccato la mia colazione, tanto ero emozionato già di prima mattina. "Stasera vado al vecchio stadio olimpico per incontrare le più grandi leggende del calcio."

Mia madre piegò il giornale e incrociò le braccia sul petto.

"Succede solo una volta ogni ventiquattro anni e non intendo aspettare la prossima volta. Sarà come consultare un vero e proprio oracolo... mi riveleranno cosa farò da grande."

Ecco, l'avevo detto.

La prima reazione di mia madre fu uno strano tremito delle narici. "Non farai niente del genere!" disse poi quasi in un sussurro, ma così pieno di collera da infrangere di colpo tutti i miei sogni. Non disse altro, e non ce n'era bisogno. Riprese il giornale, lo aprì e ricominciò a leggere come non fosse successo niente. Ma quando suonarono le nove e come tutte le mattine si alzò per andare nel suo studio, io ero sparito da un pezzo.

Sogni scatenati

Sgusciai fuori di casa e corsi a rotta di collo e senza meta per le strade della città. Continuai a correre finché non ce la feci più, e solo allora mi fermai, sentendomi il più grande idiota del mondo. Che senso aveva scappare di casa visto che mia madre sapeva esattamente dove e quando trovarmi? Bastava che mi aspettasse davanti allo stadio e mi riportasse a casa. Erano appena le nove del mattino: cosa potevo fare per riempire le prossime quindici ore in attesa della mezzanotte? Dai miei amici non potevo andare, visto che credevano fossi impazzito. E quando andai da Willi non lo trovai. Chiosco e camper erano chiusi e il motorino non c'era. Cosa voleva dire? Che mi evitava? Che la storia dell'oracolo era pura invenzione? Che mi stavo rendendo ridicolo per l'ennesima volta, come la sera in cui ero andato alla festa con lo slittino nonostante non ci fosse neve?

Per mille notti da incubo... e in pieno giorno per giunta! Per un attimo desiderai tornare a casa e scusarmi con mia madre per essere scappato via senza permesso. Invece di andare allo stadio olimpico avrei trascorso la serata con lei, e invece di farmi predire il destino dall'oracolo avremmo letto insieme l'oroscopo dell'anno nuovo. Mia madre odiava razzi e petardi, e leggere l'oroscopo insieme era l'unica cosa che riuscivo a farle fare a Capodanno.

Ma poi strinsi i denti e presi il coraggio a due mani. Per la battaglia di Okinawa! Cosa avevo da perdere? Continuai a correre senza meta per la città e intanto sognavo.

Almeno cento volte mi vidi seduto nello stadio a guardare i riflettori che si accendevano. Poi arrivavano le leggende del calcio e ci mettevamo a giocare. All'inizio ero intimidito, ma poi superavo letteralmente me stesso. Mi trasformavo nel migliore attaccante del mondo. Più determinato di Deniz la locomotiva, più veloce di Fabi l'ala destra più veloce del mondo, più scatenato di Leo il re del dribbling e più fantasioso di Roche il mago. Per cento volte trascinai la mia squadra alla vittoria e alla fine arrivava il verdetto. Le leggende del calcio si mettevano in cerchio intorno a me e mi fissavano per un'eternità. Ma poi sorridevano, il sorriso si trasformava in una risata e alla fine mi dicevano che sarei diventato la più grande stella del calcio di tutti i tempi!

Poi, ringalluzzito dai sogni, girovagavo per la città a testa alta, aspettando che qualcuno mi guardasse. Allora lanciavo in aria un sasso e lo calciavo al volo, in modo che quel qualcuno non potesse fare a meno di notarmi, e di meravigliarsi per il colpo di tacco, il tiro al volo e il palleggio con il ginocchio. E se la prodezza non mi riusciva, cosa che succedeva praticamente sempre, mi giravo di scatto e mi incamminavo in un'altra direzione, ricominciando a sognare.

In quel modo il tempo passò in un lampo. Arrivò mezzogiorno, calò la sera e alle nove mi incamminai verso lo stadio. Già da lontano vidi l'impianto di illuminazione fuori uso da anni e non appena scorsi il tetto delle tribune stagliarsi sopra

quelli delle case ricominciai a sognare. Ma stavolta il sogno si interruppe poco prima del verdetto. Era il mio sesto senso... o vidi un'ombra, con la coda dell'occhio? Sussultai e riuscii a nascondermi appena in tempo.

Davanti all'ingresso dello stadio c'era nientemeno che mia madre, proprio come avevo previsto.

"Per tutti i potenti spiriti chiusi in bottiglia!" imprecai. "Per un pelo!"

Le passai davanti furtivamente riparandomi dietro le case e, quando trovai un buco nella rete metallica di recinzione, strisciai carponi dentro lo stadio.

Il momento della verità

Erano le dieci. L'erba dello stadio era cresciuta così tanto da arrivarmi fino alle ginocchia. Ed erano cresciuti enormemente anche i miei dubbi. Willi mi aveva detto la verità? Era venuto qui anche lui, tutto solo, ventiquattro anni fa? L'unica certezza era che da quella volta nessuno aveva più tagliato l'erba. Tutto mi fu subito chiaro, chiaro e tondo come il sole: quella sera nessuno si sarebbe presentato.

"Per tutta la iella nera del mondo!" imprecai.

"Per tutta la iella nera del mondo!" ripeté l'eco dalle tribune. Ma quell'eco suonava ironica... e aggiunse anche: "Sì, era buona!"

"Ora prova con 'Abracadabra!'"

"Oppure con 'Santa polenta!' Anche questa non è male!"

Mi guardai intorno e li vidi tutti: Leo, Fabi, Toni e Roche, Maxi, Pablo, Teddy, Vanessa, Deniz, Markus e Yo-yo. C'era perfino Felix, anche se non era ancora guarito completamente. Erano venuti tutti, e molto probabilmente per il mio stesso motivo: se l'oracolo del calcio esisteva davvero, nessuno di loro voleva perderselo, anche se non avevano avuto il coraggio di ammetterlo. E ciononostante mi prendevano pure in giro!

"Ehi, Rudi" gridò Deniz. "Giochiamo a nascondino con gli spiriti del calcio? Secondo me si sono nascosti tra i fili d'erba!"

Arrossii fino alla punta dei capelli e gli scoccai un'occhiataccia, ma avevo la voce strozzata per la vergogna e non riuscii a emettere suono, perciò mi sedetti semplicemente su una panchina, lontano da loro, e aspettai.

Le due ore che seguirono mi sembrarono un'eternità. Le battute ironiche degli altri *Scatenati* si susseguivano rompendo il silenzio e distogliendomi dai miei sogni. Io rimasi seduto rimuginando cupo tra me e me. *Basta non ascoltarli! Basta non ascoltarli!*, mi ripetevo, ma non funzionava. Ogni loro battuta mi trafiggeva il cuore come la lama di un coltello. L'unica cosa che ancora mi faceva tenere duro erano le parole che Willi mi aveva detto la sera della festa di Natale in slittino: *E anche se fosse? Che importa? Tu sei come la quercia nel vento. Tu sì che credi in quello che siamo. Senza di te la Tribù del pallone non esisterebbe nemmeno.*

Suonò la mezzanotte. Saltai in piedi e anche gli altri *Scatenati* si alzarono. Intorno a noi, in città, erano cominciati i fuochi d'artificio. I botti scoppiavano, fischiavano e tuonavano, i razzi sfrecciavano sibilanti verso il cielo e ricadevano in una pioggia di scintille colorate. Ma l'impianto di illuminazione rimase spento e non accadde nulla. Mentre nel resto del mondo la gente si abbracciava e si augurava buon anno, i miei amici scuotevano il capo e, con un ghigno imbarazzato stampato sul viso, sputarono per terra in segno di disprezzo.

"Forza, andiamocene!" disse Leo stizzito.

Fabi esitò, poi si fece coraggio e guardò dalla mia parte. "Tu cosa fai? Vieni con noi?"

Avrei voluto fare un cenno di sì con la testa.

Avrei voluto saltare in piedi e correre da loro. Ero così sollevato che almeno Fabi avesse ripreso a parlarmi! Ma qualcosa mi tratteneva. Non riuscivo a muovermi né a parlare, e alla fine gli altri persero la pazienza.

"Che aspetti, Fabi?"

"Cosa vuoi da quel matto?"

"Se è così stupido da voler rimanere qui, lascialo fare."

Fabi mi guardò un'ultima volta, poi si voltò e seguì gli altri.

Fu allora che sentii dei passi alle mie spalle, e la voce della mamma, fredda e inespressiva: "Non ti rendi conto di quanto sia stato penoso tutto questo! Avrei preferito non assistere a una scena del genere".

Rimasi seduto mentre mi passava davanti, ma dopo dieci interminabili passi si voltò verso di me e ordinò: "Adesso vieni! Torniamo a casa".

Una notte da campioni!

Corsi dietro a mia madre come un pulcino segue la prima creatura vivente che vede dopo essere sbucato dall'uovo. E penso che mia madre la vedesse allo stesso modo. Lei era il cigno e io l'uovo di cuculo che qualcuno aveva messo nel suo nido. E non potevo darle torto se la pensava così. Avevo fatto una figuraccia terribile. Com'era possibile che un ragazzino di nove anni e mezzo, nel pieno possesso delle proprie facoltà mentali, avesse potuto credere all'esistenza di un oracolo del calcio? Sia pure di uno che si pronuncia solo ogni ventiquattro anni?

Dovevo farmene una ragione, per quanto mi addolorasse. Dovevo accettare ciò che sarebbe successo: era inevitabile, e niente e nessuno avrebbe potuto impedirlo. Dovevo accettare il fatto che io non ero uno *Scatenato* e che presto non lo sarebbero più stati neanche gli altri.

Dopo un ronzio improvviso, sentii nell'aria l'odore dell'elettricità. Una cascata di scintille si rovesciò dal cielo dello stadio come una pioggia di stelle cadenti, mentre i riflettori si accesero illuminando a giorno il campo di gioco. Erano talmente forti che rimasi accecato, e quando ricominciai a vedere di nuovo qualcosa, il prato era perfettamente rasato.

Era il più bel prato del mondo! Sull'erba avanzavano verso di me, come se fossimo stati in piena estate a un campionato del mondo, uomini straordinari che indossavano maglie altrettanto straordinarie.

Erano i campioni del calcio mondiale del passato: c'erano Paolo Rossi, "Pablito", il goleador della Nazionale italiana che

nel 1982, nel Mundial spagnolo, aveva segnato sei gol vincendo il titolo di capocannoniere; e poi Antonio Cabrini, Claudio Gentile, Franco Baresi, Marco Tardelli, Roberto Baggio e Dino Zoff, che già aveva preso il suo posto tra i pali. E c'erano anche Franz Beckenbauer, il "Kaiser", il re del campo, Sepp Meier, Franz Overath, Johan Cruyff, Platini, "le Roi Michel", Maradona, "el pibe de oro", Pelé, il miglior calciatore di tutti i tempi... E stavano venendo verso di me, Rudi l'eroe, per stringermi la mano!

"Ciao, Rudi!" disse per primo Paolo Rossi in tono amichevole. "Sai cosa sta per succedere qui?"

Feci cenno di sì con la testa, ancora più timido e nervoso di quanto fossi mai stato nel mio sogno più timido e nervoso.

"Bene!" disse lui. "Vogliamo cominciare... non ti aspettavi mica un autografo, vero?"

Arrossii fino alla punta dei capelli e scossi il capo. Non ebbi il tempo di fare altro, perché cominciammo subito la partita: Italia contro il resto del mondo. Io giocavo in attacco con Paolo Rossi. A centrocampo dietro di me c'era il regista, Roberto Baggio; in difesa Franco Baresi e in porta, naturalmente, Dino Zoff. Gli altri erano i nostri avversari e in base alle statistiche non avevano alcuna possibilità di vincere. Ma, come ho già detto, ero così nervoso e intimidito che era come se non ci fossi nemmeno.

Ricevetti più volte la palla - dopotutto era la mia prova

del fuoco – ma ci inciampavo, la stoppavo peggio di quanto avrebbe fatto mia nonna, oppure calciavo mancandola clamorosamente.

All'inizio le leggende del calcio non dissero una parola, poi cercarono di tranquillizzarmi e di tirarmi su il morale. Ma le cose non migliorarono e alla fine feci di tutto per sparire dal campo. Non volevo e non potevo andare avanti. Era troppo per me. Lasciai che giocassero loro, e per un bel pezzo mi limitai a godermi da bordo campo la massima espressione di arte calcistica.

Ciononostante a un minuto dalla fine eravamo ancora zero a zero. D'un tratto la palla rotolò ancora una volta verso di me. Vidi Platini e Beckenbauer piombarmi addosso.

Per tutti i gironi sfrigolanti dell'inferno! Cosa diavolo dovevo fare?

Scappai a gambe levate verso la nostra porta. All'inizio Dino Zoff non ci voleva credere, poi fu troppo tardi. Come in preda a un raptus tirai, e il pallone sembrava indirizzato proprio nell'angolino.

Per tutti i gufi spennati! Per favore, fa' che non sia autogol! No!

Ma, all'ultimo momento, ecco il miracolo: la sfera di cuoio girò su se stessa, si impennò, rimbalzò sull'incrocio dei pali, volò alta nel cielo, tornò giù, saltò come una pallina di gomma impazzita sfiorando il ginocchio di Cabrini e colpì la testa di

Tardelli senza che nessuno dei due potesse farci niente, poi arrivò a Roberto Baggio e Paolo Rossi e scavalcò Sepp Meier, il portiere degli avversari, insaccandosi in rete.

"Tuoni e fulmini!" urlai alzando le braccia al cielo e mettendomi a correre sul campo. Avevamo vinto! Vinto con un tiro da biliardo "alla Rudi"! Abbracciai tutti, e mentre mi ringraziavano per l'unico e decisivo gol, vidi mia madre e gli altri *Scatenati* sulle tribune che saltavano in piedi dalla gioia.

Triple caccole di rinoceronte! Erano tornati sui loro passi anche loro quando sul campo si erano accesi i riflettori. E avevano visto tutto! Adesso non ero più il matto. Adesso non ero più impazzito, nessuno doveva più vergognarsi per me. Fulmini e saette!

Le leggende del calcio festeggiarono in cerchio, e il bomber della Nazionale, Paolo Rossi in persona, mi guidò in mezzo a loro.

Magia nera e rotonda

Rimasi fermo senza osare muovermi. Smisi addirittura di respirare e credo che il mio cuore avesse cessato di battere. Vedevo soltanto i visi delle stelle del calcio intorno a me. Paolo Rossi, che raggiunse gli altri nel cerchio, mi sorrise ancora una volta. Poi si fecero tutti seri e Pablito prese la parola. "Hai detto che sai perché sei qui, è così?" domandò per la seconda volta, e i miei occhi risposero per me: "Sì". Altro non riuscii a fare.

"Okay. Allora sai anche non siamo qui per firmare autografi. Questa è una cosa *molto* seria!"

A quelle parole mi lasciai andare e ricominciai a respirare. Il cuore mi batteva forte come il motore del Titanic lanciato a tutta velocità e il sangue mi rimbombava nelle orecchie come quando la nave era andata a sbattere contro l'iceberg. Rischiavo di affogare, ma Paolo Rossi tirò fuori dal nulla un cubo di cartone nero, di circa venti centimetri di lato. Lo aprì e me ne mostrò il contenuto: un pallone nero come la notte, con stampato sopra il simbolo della *Tribù del pallone*. Cavoli, quella sì che era la sfera della magia nera! Non avevo mai visto niente di così meraviglioso. Ed era per me! Raggiante di gioia e ultra riconoscente presi la scatola di cartone con il pallone degli *Scatenati.*

"Questo è per te, perché tu non dimentichi mai il tuo nuovo compito!" spiegò Paolo Rossi. "Lo sai, vero, che non diventerai mai un calciatore professionista?"

Feci cenno di sì con la testa mentre il mio cuore sprofondava fino all'Australia, ma sapevo che aveva ragione.

"Bene!" continuò lui. "Mi fa piacere! Allora ti auguro buona fortuna. È tutto ok!"

"Sì, f-finché sei s-scatenato!" balbettai come risposta.

"M-ma... qual è il m-mio compito?" volli sapere.

All'improvviso, però, i riflettori si spensero, e in un batter d'occhio i campioni erano scomparsi e l'erba era tornata alta fino al ginocchio. Mi guardai intorno esterrefatto. Che cosa era successo?

Gli *Scatenati* si precipitarono verso di me.

"Allora, che cosa ti ha detto?" chiese Teddy.

"Ce la farai, Rudi?" mi chiese Fabi. "Diventerai uno di loro?"

Lo guardai e scossi tristemente la testa.

"Oh, mi dispiace!" provò a consolarmi Vanessa un po' troppo velocemente.

"Cavoli, sapessi quanto ti ho invidiato!" esclamò Felix scuotendo la testa. "Ma adesso sono felicissimo che non lo abbiano detto a me."

"Ciononostante dobbiamo tutti chiederti scusa!" disse Leo imbarazzato. Era l'ultima cosa che mi sarei aspettata da lui, e per me fu la consolazione più grande.

"Per tutte le puzzole pulciose! E questo, cos'è?" esclamò Pablo elettrizzato vedendo il pallone. "Avete mai visto niente di più super-stratosfericamente-fantamagico-da-record-mondiale?"

"È magia nera e rotonda!" mormorai. "È il mio nuovo compito, me l'ha detto Paolo Rossi!"

"Cavoli! E ce lo dici solo adesso?" esclamò Toni inorridito. "Paolo Rossi in persona ti ha affidato un compito. Per mille calci di rigore! Ma cos'è che ti ha detto?"

Lo guardai e per un attimo non riuscii a ricordare niente. Sussultai, pensando di essermi già dimenticato tutto. Tipico da parte mia! Ma poi mi tornò in mente: non mi aveva detto una sola parola. Carambola e quarantotto! Che cosa voleva dire? Era stato tutto uno scherzo? Giocavo così male che non meritavo di assumermi alcun compito? O dovevo ancora scoprire quale? Ma certo! Anche per Willi era stato così! Aveva dovuto aspettare ventiquattro anni prima di scoprire che il suo compito era quello di allenare la *Tribù del pallone*. Ma io non volevo aspettare tutto quel tempo. E nemmeno i miei amici.

"Santa polenta! Vuoi darti una mossa?" mi incalzò Fabi.

Mi feci coraggio. "Hai ragione! Ma non è per niente facile, e poi questo non è il posto giusto!" cominciai a blaterare, dicendo la prima cosa che mi veniva in mente. Un istante dopo mi resi conto chiaramente di non aver parlato tanto per dire qualcosa: quelle parole mi erano uscite dal profondo. Fu allora che compresi: forse non avevo ancora capito appieno il significato del compito affidatomi dall'oracolo, ma per lo meno sapevo di averne uno.

"Riunione a Camelot!" esclamai. "Vi racconterò tutto. E tirate fuori l'incudine. È quello che ci vuole per un giorno come questo."

Corremmo lungo le tribune fino all'uscita, ma mia madre si parò davanti a noi. "Rudi! Devo parlarti!" disse seria, ma la sua voce tremava. Me ne accorsi chiaramente, perché non le era mai successo.

Per un attimo rimasi disorientato, ma poi mi ricordai della

nostra ultima conversazione e del fatto che ero scappato via senza il suo permesso. In quel momento non avevo tempo per una discussione del genere, perciò mi limitai a spingerla da parte. “Mi spiace, mamma, ma dovrai aspettare!” le dissi fermo e deciso.

Corremmo via.

Un sogno che potrebbe diventare realtà

Continuammo a correre senza fermarci fino al giardino della casa di Pablo e Teddy in strada dei Fagiani. Là c'era Camelot, la casa sull'albero degli *Scatenati,* costruita su tre piani. Recentemente l'avevamo trasformata in una vera e propria fortezza per difenderci da Michi Cicciobullo, il più fetente dei vermi al di là e al di qua della Foresta Oscura.

Ma quella era un'altra storia, che dovete farvi raccontare da Pablo saracinesca Fort Knox, la difesa a quattro in un solo uomo. In quel momento avevamo ben altro da fare!

Salimmo al nostro quartier generale al primo piano della casa sull'albero, dove ci mettemmo intorno alla vecchia botte di legno che noi chiamavamo "l'incudine". Il pallone passava di mano in mano come fosse una sfera di cristallo magica, e quando ognuno di noi lo ebbe sfiorato, tastato, leccato e annusato lo posai sulla botte e cominciai a parlare: "Okay. Adesso vi dirò qual è il mio compito. Non ho capito tutto con precisione, ma non me ne importa un fico secco. La sola cosa importante è che abbiamo ancora una volta un obiettivo comune. Proprio come la partita contro Michi Cicciobullo, quella contro gli Esordienti del Bayern o quella per il campionato che abbiamo perso per colpa mia. Allora, aprite bene le orecchie: il nostro obiettivo è giocare tutti ai mondiali del 2014!"

Calò il silenzio. Ero stupito di me stesso. Non avevo mai tenuto un discorso tanto tosto e tanto lungo. Gli altri rimasero in silenzio.

"Ne sei sicuro?" chiese Leo cautamente. "Non è che volevi dire 2018 o magari 2022?"

"No! Volevo dire proprio quello che ho detto!" risposi deciso e determinato.

"Ma lo sai quanti anni avremo nel 2014?" domandò Toni. "Nessuno gioca ai mondiali a quindici o sedici anni."

"Vi avevo detto che non ho capito proprio tutto" ripetei loro.

"Ma Rudi!" mi fece notare Vanessa. "È vero che voglio diventare la prima donna a giocare nella Nazionale maschile... È vero che oggi ti ho visto con le più grandi superstar del calcio... e che il pallone che ti ha affidato Paolo Rossi non è un sogno... ma la storia dei mondiali del 2014 mi sembra semplicemente assurda."

"Hai ragione" convenni. "Allora adesso vi faccio una domanda molto semplice e voglio che siate sinceri. Se poteste scegliere se giocare o meno ai mondiali del 2014, che cosa fareste?"

"È una domanda difficile!" bisbigliò Vanessa.

"Lo so. Ma ci darà la risposta giusta. Allora: volete o non volete giocare ai mondiali del 2014?" domandai guardandoli a uno a uno con un sorrisino impertinente. Nessuno degli *Scate-*

nati si sognò neanche di pensare a un no. Volevano tutti partecipare ai mondiali del 2014. Solo Vanessa esitava ancora.

"Allora? Che cosa ti succede?" le chiesi.

"Lasciami in pace. Lo sai benissimo!" imprecò, ma fu lei la prima ad allungare il braccio. "Muovetevi, cosa aspettate? Facciamolo!" ci incitò e noi la accontentammo.

Allungammo le mani, le posammo sul pallone degli *Scatenati,* sentimmo la sua magia nera e rotonda e dichiarammo in coro, seriamente e solennemente: "Noi, gli *Scatenati* della *Tribù del pallone C.M.* della *Bolgia infernale* parteciperemo ai mondiali del 2014. A promettere siamo, nell'ordine: Leo il re del dribbling, Toni il numero 10, Fabi l'ala destra più ve-

loce del mondo, Roche il mago, Rudi l'eroe, Yo-yo che danza con il pallone, Teddy il settimo reggimento cavalleria, Pablo saracinesca Fort Knox, la difesa a quattro in un solo uomo, Maxi piede di velluto Maximilian, quello dal tiro più forte del mondo, Vanessa senza paura, Deniz la locomotiva, Markus l'imperforabile e Felix il tornado. Lo promettiamo oggi, 1 gennaio 2008".

Wow! Era stato fantastico. Per un po' regnò il silenzio, poi all'improvviso sentimmo un botto. Ci precipitammo fuori da Camelot e vedemmo Willi che, insieme ai nostri genitori, ci aveva organizzato una festa di Capodanno "posticipata" con tanto di fuochi d'artificio: non avevo mai visto una festa così: altro che i Capodanni passati a leggere l'oroscopo!

I grandi vennero a farci gli auguri. La notizia della mia avventura si era sparsa velocemente e tutti si congratularono calorosamente con me. Solo mia madre non era venuta, perciò tornai a casa non appena finiti convenevoli e congratulazioni.

Rudi l'eroe

Arrivai a casa che erano già quasi le quattro e mezzo di mattina, ma ciononostante mia madre mi stava ancora aspettando, addormentata su una poltrona in anticamera. Ero stanco e avrei preferito rimandare al mattino dopo la sfuriata che aveva in serbo per me, perciò le sgattaiolai furtivamente davanti. Ma non mi riuscì di farla franca: nessun figlio può svicolare davanti alla propria madre, soprattutto se lei lo sta aspettando, e questo perché lei gli vuole troppo bene: e infatti fu per l'amore che provava per me che mia madre sentì che ero tornato e aprì gli occhi.

Mi bloccai come impietrito, ma poi non riuscii a credere a quello che vidi e sentii.

"Posso toccarlo per un attimo?" domandò indicando il pallone nero che tenevo sotto il braccio.

Rimasi letteralmente di stucco. Mia madre che si interessava a un pallone da calcio? Impossibile. Avevo bisogno di una prova. Glielo porsi e aspettai che, dopo averlo toccato, lo lasciasse cadere a terra come un pesce morto. Ma mi sbagliavo un'altra volta. Mia madre prese la sfera di cuoio nero e la guardò come se fosse il diamante più prezioso del mondo. Accarezzò il simbolo degli *Scatenati* con una specie di stupore reverenziale. Poi mi guardò pensosa, si schiarì la gola e alla fine disse qualcosa che non aveva mai detto prima. E ancora una volta le tremava la voce. “Devo chiederti scusa, Rudi, per non aver apprezzato abbastanza il tuo regalo di Natale. Mi dispiace. Oggi ho capito che era la cosa più preziosa che tu potessi donarmi. Non capisco niente di calcio, lo sai, ma da oggi ogni volta che la *Tribù del pallone* giocherà in casa mi siederò sotto l’ombrellone davanti al chiosco di Willi e farò il tifo per voi. Te lo prometto!” Mia madre si asciugò una lacrima. “Porca paletta! Non vedo l’ora di mangiare quel panino scatenato e di bere l’aranciata. Voglio solo sapere se puoi perdonarmi.”

Singhiozzava. Avrei voluto dirle qualcosa, ma prima che potessi rispondere ero già stretto tra le sue braccia.

Non so più come riuscii ad arrivare nel mio letto, so solo che dormii come un sasso fino a metà pomeriggio. Quando mi svegliai e aprii gli occhi, per uno spaventoso istante pensai di essermi sognato tutto. Ma poi toccai il pallone, la sfera nera degli *Scatenati* che avevo appoggiato sul cuscino accanto a me, e sentii la voce di qualcuno che conoscevo fin troppo bene e con il quale avevo ancora un conto in sospeso.

“Bravo! Ce l’hai fatta!” mi sfotté.

Senza mettermi gli occhiali guardai in direzione dell’armadio. Tutta la camera fluttuava dietro una fitta cortina di nebbia, ma il Rudi dello specchio nel suo completo gessato lo vedevo perfettamente a fuoco.

"Ce l'hai fatta per davvero. Non me lo sarei mai aspettato. Cavoli!" sbottò il mio fantasma dello specchio. "Rudi la talpa ha finalmente aperto gli occhi. Non avrei mai creduto di poter assistere a un simile evento."

"E invece sì!" ridacchiai fingendo di ignorare la sua ironia. "E adesso che l'hai visto puoi anche andartene. Non ho più bisogno di te. Forza, sparisci!"

"Ehiehiehi!" protesto lui. "Non fare il megalomane. L'ultima volta che ti ho visto ti comportavi ancora come un bambino di nove anni. Scommetto che non passeranno due settimane che avrai di nuovo bisogno di me."

"Se dovesse succedere, te lo farò sapere" lo rimbeccai, e per la prima volta il Rudi dello specchio sembrò agitarsi. "Sei un ingrato, lo sai?" mi minacciò. "Sono stato io a svegliarti e a scuoterti dal tuo torpore. Puoi imparare ancora molto da me."

"Ma non farmi ridere!" dissi stupito. "Pensi davvero di essere tanto più bravo di me?"

"Bingo. Ci sei arrivato!" gridò il fantasma dello specchio aggiustandosi la giacca gessata per sembrare più grande e importante.

"Okay! E ti piace scommettere, dico bene?"

"Sì. Mi piace scommettere e vinco sempre!" Il Rudi dello specchio si gonfiò come se volesse scoppiare.

"Bene. Allora facciamo una scommessa. Scommettiamo che scambi il tuo completo gessato con il mio pigiama dell'Uomo

Ragno e sparisci per sempre. O almeno finché non avrò bisogno di te e ti chiamerò. Se mai succederà."

"Mi sembri un po' troppo sicuro di te stesso. Cosa farai se perderai la scommessa? E, tra l'altro, cosa scommettiamo? Vuoi sfidarmi a pallone?"

Sogghignai. "Se perdo, puoi tormentarmi per sempre e in eterno, ogni volta che lo vorrai."

"Okay! Affare fatto!" esclamò con passione il fantasma dello specchio, pregustando già di potermi fare nuovi dispetti. "Allora: in cosa consiste la scommessa?"

"Dobbiamo insultarci, tutto qui. Ne sei capace, no?" gli spiegai. "Andiamo avanti con botta e risposta, e il primo che resta senza parole e non sa più come ribattere, ha perso."

"Okay! Okay! D'accordo! Se non hai niente in contrario, comincio io!" Il Rudi dello specchio fece un bel respiro e disse con gusto: "Sei un orbettino dai piedi piatti, hai capito?" E mi guardò trionfante.

"E tu sei un cammello starnazzante!" replicai immediatamente, lasciandolo di stucco.

"Meglio un cammello starnazzante" disse il fantasma dello specchio pronunciando lentamente le parole per guadagnare tempo "di una stupida talpa che va in slitta sul prato." Scoppiò a ridere a crepapelle, ma io rimasi impassibile.

"Pagliaccio vanitoso con la coda di tacchino!" esclamai a voce bassa ma decisa.

Il fantasma dello specchio deglutì e boccheggiò. "Sette volte campione del mondo di tuffo nei datteri!" sussurrò, convinto di nuovo di avere vinto. Stavolta era stato maledettamente bravo. Per un lunghissimo momento non seppi cosa dire, ma poi ebbi un lampo di genio: "Pallone gonfiato d'un fantasma inesistente!"

Avevo fatto centro. Il fantasma dello specchio si strozzò, rantolò e gesticolò affannosamente, ma non riuscì più a dire nulla e cominciò a sbiadire e, poco prima che sparisse come il resto della stanza dietro la cortina fluttuante di nebbia, vidi che indossava il mio nuovo pigiama dell'Uomo Ragno.

Sogghignando, mi appoggiai soddisfatto sui cuscini, mi misi gli occhiali con le lenti spesse come fondi di bottiglia e guardai fuori dalla finestra. Aveva ricominciato a nevicare: non potevo sapere che cosa sarebbe successo di lì a primavera... nessuno di noi poteva saperlo. Ma ci avrei messo tutti e due i piedi sul fuoco che quello sarebbe stato l'inverno migliore che uno *Scatenato* potesse desiderare.

FINE

INDICE

JOACHIM MASANNEK

Nato nel 1960, studia germanistica e filosofia, e successivamente frequenta la Scuola superiore per i Film e la Televisione. Ha scritto vari copioni per film in TV, serie televisive e per il cinema. Lavora anche come cameraman.
È l'allenatore della vera squadra della *Tribù del pallone* e padre dei due calciatori Toni e Leo (nella realtà Marlon e Leon).

JAN BIRCK

Nato nel 1963, è illustratore, disegnatore di cartoni animati, art director (pubblicità, cartoni animati, CD-Rom), caricaturista e creatore di CD-Rom.
Vive con sua moglie, Mumi, e i suoi figli, Timo e Finn, tra Monaco e la Florida (Stati Uniti).

La Tribù del pa

LEO il re del dribbling, il goleador, l'uomo dell'ultimo passaggio

Centravanti

È il capo della *Tribù*. Segna reti come un tempo Paolo Rossi, o le prepara con assist e passaggi geniali. La sua specialità è la rovesciata. Leo non ha paura di niente, e l'unica cosa che vuole è vincere, vincere sempre. Solo la sua lealtà nei confronti della *Tribù del pallone*, e specialmente di Fabi, il suo migliore amico, è più forte del suo desiderio di sbaragliare gli avversari.

FABI l'ala destra più veloce del mondo

Ala destra

È il migliore amico di Leo: insieme sono i Gemelli del Gol. Fabi è una forza della natura, un'insaziabile macchina da gol. Con quel suo sguardo impertinente e furbo se la cava sempre, anche nelle situazioni che non sembrano avere vie d'uscita, e trova soluzioni per ogni problema. E quando sfodera quel suo sorriso irresistibile, riesce a schivare qualsiasi punizione. Al contrario di Leo, Fabi non pensa solo al calcio, ma si interessa anche ad altro, perfino già un pochino alle ragazze. Proprio per questo nessuno sa quanto ancora continuerà a essere uno *Scatenato*.

one si presenta

TONI il numero 10, il cuore e l'anima della squadra

Regista e fantasista

Toni, il numero 10, è il fratello maggiore di Leo, e per Leo è una vera peste. In realtà, però, è il cuore, l'anima e il cervello della squadra. Gioca senza dare nell'occhio, quasi indossasse un mantello che lo rende invisibile, eppure ha una straordinaria visione di gioco, come se la sua testa girasse a mo' di satellite sul campo da calcio. Sì, e fuori dal terreno di gioco non c'è nessuno che sappia capire meglio i problemi dei suoi amici.

RUDI l'eroe

Goleador di riserva

Rudi gioca a pallone, ma è come un cieco che vuole fare il fotografo. Non ha un piede "sbagliato", o peggiore dell'altro, perché se uno ha un piede sbagliato, vuole dire che ne ha anche uno giusto, e non è il suo caso. I tiri migliori gli riescono in palestra: a volte capita che la palla gli entri in rete solo perché rimbalza contro le pareti. Porta occhiali con le lenti spesse quanto il fondo di una bottiglia, che gli ingigantiscono gli occhi come quelli di un personaggio dei fumetti, e ha capelli rossicci e ricci. Viene spesso usato come cavia dalle figlie delle amiche di sua madre per i loro esperimenti con trucchi e bigodini. Il suo senso dell'amicizia e della lealtà sono insuperabili, e per questo è un pilastro nella squadra.

FELIX il tornado

Ala sinistra

Felix è un'ala sinistra perfetta, che disorienta tutti gli avversari. Quando però gli viene uno dei suoi attacchi d'asma, non è che un'ala sinistra qualsiasi. O almeno questo è quello che credeva lui finché, giocando contro gli Esordienti del Bayern, non solo ha vinto la sua paura e la sua battaglia contro il respiro affannoso, ma ha anche fatto sì che gli *Scatenati* diventassero una vera squadra con tanto di maglia, simbolo, statuto e contratti per i giocatori. Anzi, da quel giorno si è meritato perfino il rispetto della superstar mondiale Giacomo Ribaldo, l'ex campione di calcio del Bayern.

ROCHE il mago

Centrocampista offensivo

Roche è davvero un tipo tosto. In campo fa miracoli col pallone, smistandolo e spedendolo sempre dove vuole lui. È il figlio dell'ex superstar brasiliana del Bayern, Giacomo Ribaldo, e anche se gioca bene quasi come suo padre, non desidera altro che far parte della *Tribù del pallone*. Roche è il migliore amico di Toni, ed è molto superstizioso: crede a maghe e fattucchiere, e per scacciare il malocchio sarebbe disposto a immergersi in una vasca piena di succo d'aglio.

YO-YO che balla col pallone

Ala sinistra

Vive in un orfanotrofio perché sua madre non ha un lavoro e beve troppo. Eppure, anche se Yo-yo non ha nemmeno un paio di scarpe da calcio, e anche in inverno viene a giocare con vecchi sandali mezzi sfondati, per la *Tribù del pallone* è un vero amico: gli *Scatenati* non rinuncerebbero a lui per nulla al mondo.

MARKUS l'imperforabile

Portiere

È l'opposto di Yo-yo. È ricco e abita in una splendida casa con tanto di maggiordomo. È un portiere nato: chi segna contro di lui in porta entra nel guinness dei primati.

Eppure è costretto a giocare a pallone di nascosto, perché suo padre odia il calcio e vorrebbe vederlo diventare un giocatore di golf professionista.

PABLO saracinesca Fort Knox, un muro in difesa

Difensore centrale, l'ultimo uomo

È talmente bravo in difesa, che i suoi avversari, quando lo affrontano, pensano di essere marcati da quattro giocatori invece che da uno solo. Vorrebbe una vita misteriosa e avventurosa ed è lui che ha costruito Camelot, la casa sull'albero, in cui gli *Scatenati* si riuniscono quando devono discutere questioni di vita o di morte.

TEDDY il settimo reggimento cavalleria

Difensore, ultimissimo uomo

È il fratellino minore di Pablo. A sei anni è troppo piccolo per entrare nella *Tribù*. Però, insieme a Dischetto, il cane di Toni e di Leo, è spesso un jolly.

La palla riesce a toccarla solo raramente, ma se lo fa, è all'ultimo millisecondo, per salvarla sulla linea di porta.

VANESSA senza paura

Centrocampista

Vanessa è la più scatenata degli *Scatenati*. Non indossa altro che calzoncini e magliette da calcio, e quando calza le sue scarpette rosa col tacco e i brillantini, i suoi tiri in porta sono ancora più irresistibili! Vuole essere la prima donna a giocare a calcio nella Nazionale maschile. Quando si è trasferita nella città degli *Scatenati*, non solo ha combattuto all'ultimo sangue per guadagnarsi un posto nella *Tribù del pallone*, ma insieme a Leo e a Fabi è diventata un vero e proprio capo della *Tribù*. Per questo motivo la Nazionale di calcio maschile dovrà aspettare ancora un po' prima di averla.

MAXI piede di velluto Maximilian, quello dal tiro più forte del mondo

Centrocampista arretrato

Maxi non parla un granché. Perfino a scuola, o quando è al telefono, non apre bocca. Lui è uno che mira al sodo e ha davvero il tiro più forte del mondo: un vero SMG, super-mega-giga. Il calcio è tutta la sua vita, ma quando si tratta dei suoi amici, arriva non solo a sacrificare la sua libertà – e allora accetta anche gli arresti domiciliari o il divieto assoluto di giocare a pallone – ma addirittura a rompere il silenzio.

DENIZ la locomotiva

Attaccante, uomo ovunque

Deniz è l'unico turco della squadra. Ogni giorno deve attraversare tutta la città per giocare con gli *Scatenati*. Da loro ha imparato molte cose: che gioca meglio con gli occhiali, che non è solo al mondo e che gli amici sono molto più importanti di un trionfo personale.

WILLI il migliore allenatore del mondo

Allenatore

Willi abita in un camper dietro il chiosco del campetto. Un tempo sognava anche lui di diventare un calciatore professionista, ma poi il padre di Michi Cicciobullo gli ha distrutto il ginocchio. Adesso allena la *Tribù del pallone*. È il migliore allenatore del mondo, e infatti ha trasformato il campetto degli *Scatenati* nella *Bolgia infernale*: insomma, non più un catino, ma una vera e propria arena infuocata, con tanto di impianto luci. È lo stadio della *Tribù del Pallone C.M.* (la Tribù del Pallone Conquista il Mondo).